荒凉石窟·醉舟

王以培诗歌集

作家出版社

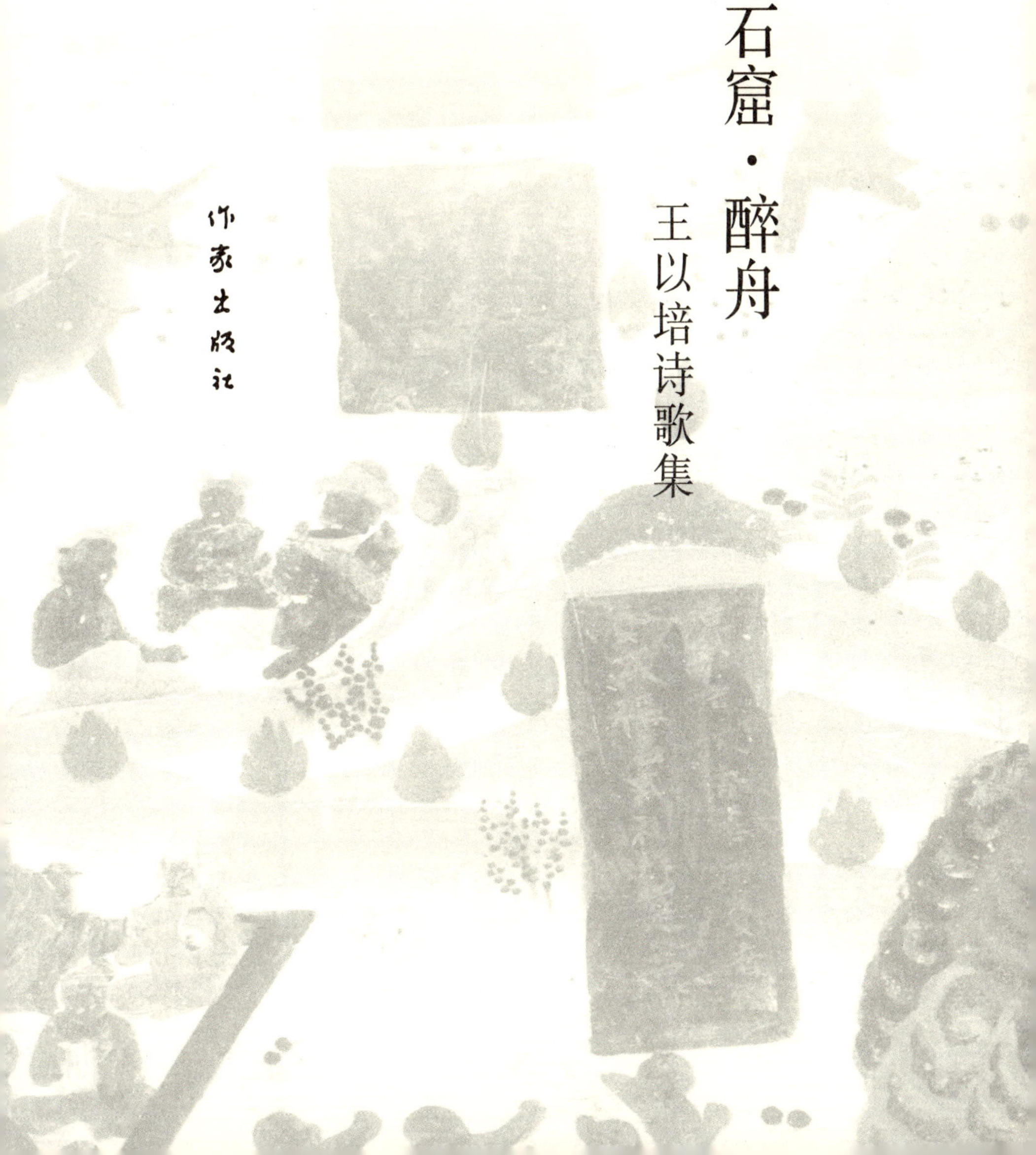

题记——

孤独者，离群索居，你还能做些什么？

用心、用汉字，在荒漠开凿石窟。

瞧，这是怎样的壁画，怎样的丝路！

目录

1. 鸣沙

煌煌鸣沙，静夜冥想之时，钟鼓齐鸣，
只有沙砾听见了，颗颗喜盈盈、光莹莹；
群星飞落，萤火虫聚集，每一个卑微的生命，
每一颗荒漠里的心，都不曾被埋没——
人间喧嚣，只能埋没他们自身；荒沙寂静，
必酿出葡萄美酒玉人心，她们一闪一闪的——
荒漠涌出的欢笑泪水也同流沙一起光顾荒山野岭，
给芨芨草添几滴朝露，给苦行僧重新命名——
他们的名字不是文字，是隐居石窟的画，埋在沙里的心，
是灭在洞中的火，飞在天上的云，统领深山寂静。

2. 塔柱

你盘坐在那里，衣衫土红，红土在你身后长成塔柱，
这是什么塔？受难受洗，受命于天——
于天于地，身钉千针；于地于天，身燃千灯。
千灯千针，千手千翼。这会飞的孔雀，千年就停在这里，
一心一意，在石窟里飞。一念心清静，石窟钟鼓齐鸣。
我们听见的沙山沙砾，自开心窟，自成落英。
沙山沙沙，群鸟熠熠。星空于你，只在石窟；
百树千灯，万国万民，在你心中，在你身后，一片寂静。

3. 涅槃

卧佛你睡一睡，盘子就在天上飞。
涅槃涅槃，在梦里旋转。
涅槃涅槃，生出前世笑脸，
他们在荒野流过浪，流过泪，流过血，
吃过虫子，披过长发长夜。
夜色凄迷，在阳光里旋转。
涅槃涅槃，华枝春满，众生显现。
涅槃涅槃，月到浑圆，忽然消散。

4. 琴声

琴声一动，身如流水，你们本是水做的骨肉。
骨肉连心，花蕊中的三颗心本是一体。
你们本身就是音符，就是歌曲——
红墙上的红尘纷纷飘坠又纷纷扬起。
你们扬起脸，侧过身，向流水流光致敬；
玉树临风，绿衣翩跹，你们牵出的春季——
在洞里开花，千树梨花，满地积雪。

5. 晒经

晒衣石上，衣服已晒成一页经书。
——你晒你的经书，我晾我的衣服。
被褐怀玉者，何以从怀里取出一缕烟?
烟雾从无到有，我们从有到无，到无国轻雾中，
寻一方绿色净土，撑船采莲，渡人度我。

6. 铁线

铁线描、折芦描、游丝描、丁头鼠尾描，
不如不绘不描，不如甩一根鞭子赶一头牛，
在田野付出辛劳。田一耕就绿，
铁线、芦苇，游丝缥缈——
红土涌出赤霞，黑土翻滚乌云；
我们在黑红之间，走人间正道。

7. 通灵

依善男子如是，就该为仓颉赶马、推车，
赶骆驼，推鹿车、牛车、儿童车。
车轮转动时，唇齿之间，习习谷风，
在群星汇聚时，唱诵通灵之歌。

8. 伎乐

莲花出淤泥而不染，你们出黑夜而目光闪闪。
黑黑的皮肤，沁出森林暮色，冷月山泉。
你们就这样开始在洞中奏乐，莲花指轻叩四季节拍，
滴水成音，响彻深山里，云天外。

9. 经书

经书太暗，王朝太短，舍卫国太小，孤独园太孤单，
怎么办？满心欢喜的孩子，你不如去荒漠深处看一眼，
那时你才知道，一片森林如何守住一眼泉，
一轮明月如何照亮一座山。啊，我知道你已经迷路，
我知道你正朝着荒漠孤灯一路走来。

10. 心河

心已成河，波浪上的孔雀就将经过的诸神一一请回来。
心已成河，昨夜只一千年，夜空诸神只冲人间一眨眼，
你就看见洞天石扉，訇然中开，天国奥秘尽在石窟里，
众生诸佛，都因听见流水般的心声而喜悦。

11. 璀璨

洞突然暗了，你走进去方知什么是璀璨。
佛忽然哭了,你听，在深山梦里，石窟与森林之间，
最美的笑声，正从哭声里传来。你走进去呀，
岩壁会自然开窟开花开心，开在你的心河两岸。

12. 心莲

你高兴得太早了，更深的喜悦还在后面，
还在里面。这里有位玉女在水中一展玉体，
那边就有千朵莲花在流光中摇曳。
而我们心生莲藕，不生杂念。杂念不杂，
如千洞一佛，万民一心，只开一朵莲花。

13. 绿波

你们站在这里，如一个个清晨，一个个夜晚。
你们站在这里，如一个个朝代，静默静观，身后风云变幻。
静下来才看清，身上的飘带正掀起绿色波澜——
有人在浪上打坐，静如幽兰；有人在船上扬帆，摇旗呐喊。
马车穿墙而过——“凤兮凤兮，何德之衰?”

14. 丝路

石窟随风转场，你们在山间旅行，穿山越岭，
世人毫无察觉。你们任意到达，随意离开。
石窟一会儿空，一会儿满，如月缺月圆。
你们住在旅途中，车厢、船舱、机舱、石窟如出一辙；
车辙飘出的绫罗绸缎，正在沙漠深处，开辟丝路灵河。

15. 重逢

窗花微笑时，鞭炮震响；中央的佛，岿然不动，
端坐莲台之上，莲花指指引奇思妙想；想象中的真人
从未离去——隔世如隔云，拨开便重逢。

16. 天幕

纯白的天幕，骤然映现画屏；
空旷的沙漠，远远走来一队商旅。
驼铃卷曲，如转经筒飞升，
展开一面面经幡、旌旗。

旌旗飘在石窟，将冥想传给你；
经幡飘进旷漠，荒沙有了途径。

17. 回音

阿修罗啊，我不依附你，不依附你的四只眼睛，
也不依附你的七只手臂，也不依附你身后的鸟群——
你身前的石窟啊，它有回音，回音会把什么都告诉我们；
有如影子会动，会把真人真相都展现在无限时空。
而在这一切空中，我只看见“衰草寒烟无限情”！

18. 心源

我这才发现，不是壁画装饰了你，是你走进石窟，
墙上才现出火焰、云纹，莲台、玉树。
一切缘于心：只因你心如止水，水才流动。
而火说：我小心谨慎地燃绕，争取不烧破屋顶，
也不烧破寂寞和寂静，也不烧焦飞鸟的翅膀
和我自身的羽翼。阿修罗，我不依附你。

19. 敢不敢

我不敢把你们都驱散了，不敢，甚至不敢惊动
你们羽毛上的露滴和头顶的颜色，怕一惊一乍，
把你们吓跑了。你们什么也不怕，只是不愿受惊，
而从一开始就把我惊醒。我心立在红尘，

看你们都是天外来客。我心离开红尘；
看你们，如见自身的灵魂。我不敢，不敢惊动你们，
但我敢爱你们，如孩子爱母亲，故人爱水国烟村。

20. 一刹那

我一个倒立翻转就把你震住了。
你一个鲤鱼打挺，就把鲤鱼吓跑了。
但无论你和鱼，或我和身后的世界，
都定在了这一刹那：房屋变石窟；
蝌蚪成青蛙；“寒波澹澹起，白鸟悠悠下”。

21. 讲经

我往这儿一站就开讲了，我还没开口已经讲完了。
我讲了些什么你都听见了。瞧，狮子低头了，野狐驯服了。
石壁破了，墙上开花了，牵牛花牵出的那头牛开始耕地了。

22. 预告

伎乐先生伎乐女，我掌灯你弹琴他沉思，
你的琴声里飘玉带，我的灯光里下小雨，
他的沉思沉到了夜色里。夜浮出来，是一只葫芦，
把我们装进去；葫芦里的夜却不是我们。

我们不是夜也不是葫芦是按下葫芦浮起的那个瓢，
赶在瓢泼大雨泼洒前先给你们一个预告。

23. 宝座

多年前你在硬座车厢里为我展现了一幅壁画，
壁画中的菩萨将硬座车厢变成流动的石窟；
多年后我在人群里又找到你，才发现你是
从那幅壁画中走出来的，只是样子年轻了许多，
而我还在硬座车厢里穿山越岭，硬座已成了我的莲花宝座。
我知道你又回到石窟里画佛，而佛的画轴已被我展开带进荒漠，
那里看似陌生，其实我们都曾住过。而我的心墙，你的壁画，
我们心中的山水，为何只在荒漠，只在荒漠。

24. 莲花

莲花有时候从泡泡里产生，小孩一吹而现，
偶尔钻进一座石窟，贴满一面墙，如萤火虫飞进树洞。
我们就这样与时光一同贴在墙上，如肥皂泡看似破灭
其实只是破碎，碎成细小的泡沫，泡沫中的泡泡，
其中每一缕彩光都映出我们逝去的童年，变幻的生命。

25. 沧桑

老去的容颜在这里聚集，所有沧桑只是桑树遇见沧浪，
稍一低头就过去了。过去的是时光，留下的是我们
和我们采摘的桑叶、喂养的蚕，每一根蚕丝
和破茧时翅膀上色彩都系在心里，化在墙上——
石窟从此不再是石头做的，而是心底一间暖湿的花房。

26. 玉人

哎呀呀，时间这样爱你，让你的肌肤呈现陶罐的色泽，
如黑灰的沼泽地在阳光里吐露的光泽，又如羊脂白玉
长出橙红的皮子。哎呀呀，你原本是个玉人，
时间爱你，只因你赠予她不朽的灵魂。
哎呀呀，你坐在那里低头不语，却已唱出我心中的歌。

27. 静观

向左看，眉宇间的燕子还在飞；向右看，
风铃摇响的经幡还在等待什么人。我们在等我们；
除了我们，沙漠里只有石窟和石窟里的人，
而他们说：明明是你们还在洞里忍受寂寞苦难，
我们早已在踏着山泉进入永恒。

28. 乘船

我们乘船走了，你们要留就留下，我们头顶的月亮已开出绿灯，将林荫道和天池天湖一并染成淡绿色。我们走了，撑一把伞作帆，摇一棵菩提作桨，桨声帆影，直到我们消失之后你们才听清看见；而那时我们又不知去了什么地方。我们乘船走了，你在不在船上？

29. 榆林

榆树林里的鱼只在壁画中游，石窟里游。
石窟今夜如碧潭深秋。榆林是一片榆树林，
衡量无量之量。无量寿可以用笛子衡量，
无量夜可以用烛光照亮，无量海可能被鸽子衔走。
夜海天寿，好比莲台四周的河；莲花在河面开，鸳鸯在水中游。

30. 婚礼

没关系，我们还有一层屋顶。没关系，屋顶上还有一层云。
婚礼之日，野鹿来祝贺，梅花也飘进来道喜，
何况鼓乐奏响，宾客如云，新娘如花似玉。
可是为什么，你有些心不在焉，好像还在犹豫，
是菩提树在窗前摇曳，让你动了什么心？

31. 密友

你躺着，我就听见你梦里的河水。
沿着河走，你猜我看见怎样的风景?
我看见母亲指给我一群人，他们都是我童年的密友，
不知什么时候起，有些变成了蜜蜂，有些变成了蜻蜓，
有些变成了佛，轻轻一点，就点出一片银河——
在银河星系，我寻见童年的梦境，找出生死缘由。

32. 模糊

你们在墙上落泪，墙就湿了。人们误以为
是时光侵蚀，其实是诸神祝福，要我们集体隐去，
落入一个更深邃模糊的世界。而看不清的时候，
你们才认清混沌，并创造属于你们自己的风景，
如沾满霜雪的玻璃窗上，可以任意书写心情。

33. 玲珑

你听见什么，在悲苦的呻吟里，乞丐的哀求中，
你看见什么，在呼啸的寒风里，捶胸顿足的哭喊中，
我听见枯树断裂，看见新绿哔剥，如翡翠玲珑。

34. 取暖

天阴，我们感到冷，就来你的梦里取暖。
你躺在巨大的石窟中，正享受着宁静的涅槃——
槃中取火，如光中撒种。我的寒冷，如饥饿的鸟群，
只需衔着一粒火种，便可驱散一世严寒——
啊，涅槃涅槃，只有飞翔时，才能体会到你的温暖。

35. 祈祷

沙砾被风吹上墙壁，就生出莲花；
人心被雨打落在地，便生根发芽。
我们千百张面孔，千百颗灵魂，就这样聚成壁画——
不是你们用手雕凿，是我们用心祈祷，
祈祷大千世界的千人千面，一起哭，一起笑；
石窟里的墙，因此化成一张飞毯，自在逍遥。

36. 忍着

你们哭的时候，我忍着。你们哭的时候，我不吃不喝。
我要让悲苦与欢乐只在眉宇间汇成风云，
只在笔尖凝成诗歌，只在心里化成白鹤，不让你们知道。

37. 没什么

何必这样悲哀呢？大觉有情，寂灭为乐，
而你们的圣情怎么藏到岩石里去了？
岩石满面愁容，岩缝生出的野草也在风中哭泣。

哭什么？没什么。只是许多人默默而来，
默默而去，并和我们一起，唱诵殷红的歌。

38. 头顶

石头的心在我的表情里。我思念的时候，青草就变绿。
我头顶的花，因此永不凋零。凋零的花，开在我头顶。

39. 红土

红土衣服穿在我身上，我因此隐居红尘，成了一个树根。
生命经霜弥茂，只因我的红土，是曙光与夕阳汇聚而成。

40. 莲台

我跪在莲台上，莲花就是我。
伸出兰花指，兰花就在指尖开着。

我不敢站立，怕站起来过于高大伟岸，
不如做一朵莲花贴在水面，或一朵兰花，开在岸边。

41. 三兔

三兔共三耳，每只兔子，如何有两只耳朵？
你看那个三角形，三只角各是一只兔子脑袋，
它们在屋顶上奔跑，屋顶都跟着旋转——
穹顶上升，石窟飞升，天似穹庐，笼罩四野。
三只耳连在一起，三兔还在奔跑，
晴空湛蓝如水，藻井升天，天井生出海藻。

42. 红莲

双手合十，我还在跪拜；一千年来，
我的长裙迎风飘摆，一直是红色的；
一如祈祷在晨风夕阳里，字字都是心血的颜色。

43. 说法

山势险峻，你站在悬崖边，手持杨枝净瓶。
是你在说法，或是山野花草，在给你讲经？
云在青天水在瓶，你在哪里？讲经说法的，

一会儿是你，一会儿是空中莲花，水底竹林——
竹笋从野草丛中发生，野狐看见了，就唤它的乳名。

44. 背景

你的脸黑了，如屏幕被拉黑，山被抹黑——
是太阳落山，或夜幕降临？墨汁从时光里滴落，
滴破石窟经卷，岩缝中的寂静。
我看见壁画之中，浮现一双双盛唐时代的眼睛：
她眯着桃花眼，觑破桃花潭水；你粉面桃红，
从眼神中伸出花枝；我已微醉，在画里画外半闭着眼睛。
清风在背后喧响，片片竹叶，都睡眼惺忪地望着你。

45. 心情

竹心从背景中绽放，构成背后的风景。
背是一张莲叶，绿绿的生花生雨。
你是哪一朝哪一代的浪子？
波浪的孩子在时光中游走，是风领着你，
还是你牵着风景，从一窟走进另一窟，
在邻舍的钟声里，变幻着表情与心情。

46. 触须

风留在墙上，转动着灯轮，灯光旋转时轮。
天女燃灯，你看，石榴裙在乐声中飘飞，
心情好像剥开的石榴，光莹莹，红莹莹。
额头轻触墙壁，如蟋蟀扫着两根触须，
探寻着陶罐的颜色与质地。你就这样一蹴而就，
从石窟到西域，从西域上西天，从西天返回。
西风回归时，你仍站在洞里，像一树石榴，
静夜落地，已经历漫漫旅程。

47. 拜访

维摩诘，你来看我了，真好，我那么光荣，
让我站到你身边，和画中人一起，陪你千年，
然后，我们再一起去沙漠中走走停停，
先数数一粒沙含着一个落日，一个黄昏里，
沙漠中的落日共有几个，再将这些落日带回来，
分给壁画中的众生，他们已然得到了？
我的前身正站在他们之中，淋着喜雨，仰望你的笑容。

48. 游山

我们在画中从容游走，鸟在山中游，云在石上走。
云经过的地方，山石都变得很轻，不小心就飘走了。
鸟飞临的树林，树叶都学会了啼鸣。
而我们什么也不学，什么都会了。山石林泉
告诉我们：无须学习，只需将心中自然，如梦唤醒。

49. 花夫人

花夫人出行，捧花、持壶、执扇、调琴，
琴声藏在袖子里。云无心而出岫，倦鸟看见你们，
也来了精神。钗光鬓影，听见鸟鸣，都发出金色回音。
阳春三月，花夫人出行；春风和煦，
将花夫人吹成花瓣，贴上墙壁。

50. 引路

父亲啊，我能为您做些什么，当您撒手人寰，与我阴阳两隔。
父亲啊，我必为您做些什么。瞧，一朵花，应声而落，
一幅画，破墙而出，菩萨引路，肩扛经幡，脚踩雪莲，
您身着白袍，踏云相随。经幡飞舞，祥龙献瑞，
指引琼楼玉宇，碧海仙山。父亲啊，我们尚未相会，
那一路的情景，已来到人间心间。

51. 观音

观音，我静心望着你，望着望着，你就生出许多面孔，
许多手臂。观音，你要伸出多少只手，才能救苦救难？
你要睁开多少双眼，才能将大千世界一一看穿？
我还在问，观音笑而不答，像是在说：
观音观音，无非眼观音乐，手拨素琴。

52. 壁画

我心底的壁画，是母亲一针一线用心缝制，
将春天的颜色，河流的光泽，织入我心；
人生图景随时变幻，如摇篮中的孩子，望着晃动的世界。
母亲用手用心，推动着摇篮，我的世界因此纯净、安宁。

53. 真心

上绘佛舍，下写真心，写到情真意切处，
阳光就轻轻盖在身上，像一床薄被，在天气转凉时，
由母亲盖在身上。寸草心，在佛舍内外，
一样念及父母恩情。慈母针线，如今已成阳光，
在墙上织出壁画，心底织就祥云。漂泊之时，
如儿时在院子里游玩，听见母亲召唤，就从树上下来。
你听，此生的脚步，都是上楼梯的声音。

54. 琉璃

“念彼观音力，寻声自回去。”我回到哪里？
我一路离家来到沙漠深处安家，这是回归，或出发？
我发出的心声，只有沙漠传来回音，日月传来回音——
沙有时会飞上天，日月常含在沙里，迷住眼睛。
念彼观音力，我离群索居，在荒凉世界，开垦琉璃。

55. 供养

我跪在地上，一心供养什么，我并不知道。
只知道眼前自有莲花开放，上方落雪，凝聚此生风霜。
我从霜雪里供养，供养什么，我并不知道，
只知道那即将诞生的，洁白无瑕，孕梦含光。

56. 灰白

夜色有时会变暗，当愁苦来了又去，如海浪侵袭沙滩，
一并洗去心里的苦涩与甘甜。淡淡的灰白，在空气里飘散，
我们呼吸到的空灵，为何有那么多的往事浮现？
历尽艰辛走过的路，咬破手指写下的血书，
就这样在沙漠里消失，风中消散？

57. 静谧

莲花长进身体，身体就绿了；花茎直立，
等待着蜻蜓轻吻。风吹莲心，水面就红了；
清波漾起的晨光，轻抚怎样的静谧。

58. 骏马

我们是枣红的山岩，从山间醒来，
我们是落地的野枣，随风散开。
我们是赤霞，在山里飘飞，你们扬鞭之时，
我们眼前一黑。夜从地里浮现，山野新绿，
呼唤着世代游人。我们尽心游荡时，背上尽是风雨。
我们是岩石的精神，深山野火，我们是野火烧不尽的猎猎旌旗。

59. 梅花

一群古人坐在悠悠草原四下观看，梅花缤纷，
蜂蝶翩跹，在人与画，心与灵之间。
且不论时光因何模糊了视线，绿云为何笼罩了荒野；
且不论混沌因何提前到来，飞马何以涉水升天……
论这论那，不如关心那只刚出生的梅花鹿，
小心它站不稳，身上的梅花不小心摔碎，被风吹走了。

60. 广目天王

广目广目，把一切都看清楚。看清之后怎么办？
琴里藏刀，歌中舞剑，于乱世竹林，吟诵《广陵散》——
广阔的陵墓由此散开，剑魂出鞘，惊动侠客之心，易水波澜。

61. 怎么办？

你的胡须褪了色，莲台着了火，
你的血汗被榨取，桃子落了地，怎么办？
手持琉璃碗，在碗里养鱼，鱼腹养心，
在心里创造琉璃世界，繁花似锦。

62. 白象

白象白象，洁白健壮，普贤菩萨，端坐在你身上。
白象白象，洞中来去，来也是去，行走也是站立。
你们从动中静下来，动也是静，静也在动，只因
你们睁着眼睛，眼中的高山就发出流水的声音，
水中传来异样的鸟鸣：命有生死，人有来去，
不如迎来送往，来得欢快，走得安宁。

63. 鸟鸣

天不亮，何处传来鸟鸣，在石窟中，土地里。
天不亮，就有船儿出发，在土中行，梦里行。
鸟儿啊，你若有知，就该知道母亲病危，
就该知晓我之忧心。鸟儿啊，你若通灵，
就请求告天神地祇，让我的母亲康复痊愈。

可为何鸟儿飞去，没有回音。佛主仍静卧石窟船上，
身披朱红袈裟，在土中行，梦里行。

64. 抚慰

伸出的千手，瞬间收回，在这一日，这一刻，
不再救世普度；千只手，只抚慰一颗心——
心在哭诉：世上苦无救母药，灵前哭煞断肠人。

65. 梯形

梯形的窗，是哪一扇斧，开山之时，自开其心。
心情锈迹斑斑，却因何生梦生佛，生一朵红莲，
随秋风飘落。人间铁锈，在你心中，竟如
新开的石窟、花朵。佛在其中笑，鸟在洞中飞，
汗水溅在铁斧上，如梯形的窗，沾满雨露。

66. 无主

石窟本无主；六神无主之时，自己做主——
你们六位大神已经商量好了，长成六片叶子，
插入哪一只花盆，捧在谁的掌心，化解怎样的孤苦。

67. 于阗国

于阗国的白玉，纯白之心。心思蜷缩在石块里，
卷进沧浪，隐于墙缝，在扑克的表情里，鱼的眼神中，
褶裙之间，于英雄末路时，被一声汽笛惊醒击破。

68. 斗法

你变高山，我变金刚。你变水牛，我变狮子。
你变水池，我变大象。你变毒龙，我变金翅鸟。
你变地虎，我变天王。我们斗法千年，如两只蟋蟀，
你来我往，唇齿之间，春秋闪烁，终于来到一个决胜负的时刻。
——世界静止，我也停下来看看想想：万物已然交织，
如丝如网；而下一刻，我将飞升，告别你们，垂直向上。

69. 采绿

一些天光留在心里，一些柳枝飘在脸上，
一些绿染绿了春光。那么多绿啊，青绿、墨绿，
翡翠绿、鹅蛋绿，更有梦里残红，点缀着绿的深浅，
嘤嘤鸟鸣，绿了石窟，红了心田。

70. 时轮

车轮像个红太阳，被风吹远了。
柳枝像把绿梳子，被云借去了。
骏马像只大红枣咚咚敲，
大地的回音，只是四季轮回，人间欢笑。

笑一笑草就绿了，摸摸胡须，岁月就回来了。
回头看看古人，古今就连成一张琴，
奏响秦时明月，汉时逍遥。

71. 还在等

——你们还在等呀？
——是的，我们还在等，等那个人。
那个神圣时刻。时候近了，也许就在下一秒，
也许还要等一千年，天就开了，世界就将彻底改变。

72. 这样更好

——救救我们呀!
——我来了,来救你们,见你们身形模糊,
表情都不见了,雨水和时光从墙壁里渗出,
我来了,伸手救你们,却不想被你们拉进墙壁。

——这样更好,我们肩并肩,心贴心,
一同受难,一同进入混沌世界。

73. 图画

有什么办法?孩子撇了撇嘴,彩虹在天边
画了一划——我的图画作业本丢了,
怎么也找不着,干脆连自己也一起丢了。
我逃逸,我奔跑。我本不想完成你们的图画,
只想去荒沙地里,用脚印踩出我的金色莲花。

74. 旅途

串串念珠从天上垂落,是向日葵上的雨滴,
仙树上的浆果。雨滴珠帘,浆果挂满罗裙,
蔓草、璎珞悬在空中。旅途就这样奢华,这样孤寂。

75. 无常

“众生处代如电光，须臾业尽即无常。”
无常里面生净土，土里生莲，莲生天堂。
我的天堂不在天上，只在树下水面，人间过往；
红尘在水里红红的，今世生莲，来世生光。

76. 邮票

佛把我们贴在墙上，像邮票贴在水上。
我们漂了一千年，才发现水是一片虚空。
空是一片净土，土中红莲，早已返璞归真，
归于我们元初的心，前世的梦。

77. 梦雨佛国

画也停不住，在天上飞。石窟已藏不住满壁经文。
经文经霜经风雨，经过你的时候，你不必再说什么。
寂静和我们一齐飞，我们在静中生出梦雨佛国。

78. 指引

我手一指，你就低头；我心一开，你就行走，走上彩虹俯卧的道路，走进荒凉石窟。
你找一幅壁画钻入其中，我就从画中复出，
实现你真实的幻梦。

79. 树声

树下说法，佛不出声——
树里有生长的声音，树间有啾啾鸟鸣，
树叶轻轻落下。许多卷曲的枯叶，
棕红的表情，在佛主脸上，众生心底，
莲台之间微笑，如莲心在莲叶之间歌吟。

80. 小竹林

我的小竹林一夜间壮大，一夜蓬勃发梦发芽；
从心底海底，日生一米，夜长千年——
我的小竹林都是海藻，生在水底岩石间。
我的小竹林都是石窟暗夜，壁上残花弱柳，
孤魂晓月，却为何屡屡生出殿堂庙宇，繁花青烟？

81. 日曜菩萨

日曜菩萨，日曜菩萨，怎么那么黑？
被太阳晒黑，被墨汁浸黑，被夜色熏黑。

日曜菩萨，日曜菩萨，正在黑暗之中
勾勒金线，金黄的雏菊，深秋的光晕。

82. 赤子

赤子，你赤裸终身，终究是个孩子。
孩子还没有孩子，就当自己是自己的孩子。
海子还没有入海，海水已淹没了镜子。
镜子还不会飞，就请月亮回归。
月亮还没有插翅，先插一根柳枝。
柳枝还没有绿，绿色沧海，已淹没古今人世。

83. 红岩

你的身体是一匹红岩，我的身体如一袭瀑布，
我覆盖你的时候，你支撑着我的生命。
我们的生命本是一体，你将它们拆开，藏进石窟，
像一本画册，在自然深处，展现无数个我们自己。

84. 金刚一吼

啊，我金刚一吼，只将地下三尺之小虫惊醒，
他们在地里，最知天心。啊，我金刚一吼，
只为从天宫震落几滴雨，献给我干渴的兄弟。

85. 空白

空白让正午填补，深渊让深情填补。
空缺的时空，让回忆回来，牵着马，驮着梦，
披着垂柳；柳荫间的风，为何是绵绵时光的颜色？
——时光无色，竟使黑夜生出莲花万朵。

86. 比丘群像

嗯，就这么宁静，就这样凝固那一刻，
将清泪含在眼底，凝成石头，就这样沉默。
——当众生将悲哀聚在一起，
石头的泪水，也如冰雪消融。

87. 乘风

若梦与空都在，我们还怕什么？
若什么都没什么，我们还有什么？
若什么都没有，我们就乘船乘风，
若风中只有风，我们就送它一叶白帆，
让春风绿江南，也将帆影
染成我们血的颜色，梦的颜色。

88. 莲叶

墙壁本身是一片莲叶淋着春光春雨，
飞天在雨中散花，不鼓而乐。
风吹法螺，雨打羯鼓，春光鸣奏箜篌，
箜篌空空，筚篥生出的竹林，在宫廷内外
播撒星星绿色。你们不知坐在哪一片莲叶上，
哪一颗莲心中，飘在哪一滴雨里，哪一个梦中。

89. 闪电

闪电刻在墙上，风暴嵌入墙壁，
我们在深山石窟里，静心钓鱼——
鱼挂在闪电上，衔着金色钓丝。

90. 象鼻

黑孩子摸摸象鼻子；大象卷起长鼻子，吹响长笛短笛，
化黑为土，化土为神奇；你们一点儿不要惊奇——
为什么鸳鸯游来的时候，白鹤飞出墙壁；
为什么童年站在莲叶上，在暗中淋着光雨。

91. 地藏菩萨

你们沉思，你们冥想，你们争议、疑惑，
我只坐在莲台上，我思故我。我知道日月更替时，
更换我的心情。我心自在，只因经历了悲欢离合。

风浪到了海上就平息；磨难上了心头就结果；
坐在莲台之上，心如红莲，我还能说什么。

92. 净土先人

许多逝去的场景被风撕碎，又被时光重新拼贴；
你从拼图中探出头来，目光如水中宝石，凝聚日月。
日月在心中重叠，你生出的重影，在世间变幻，相隔不远；
他们互相交谈，一如我们隔世相逢，这般亲近亲切。

93. 伏地狮子

佛坐在虚空之中，佛像终未完成。
你坐在清梦之中，因梦成形；山势地形
如伏地狮子，于危机四伏中惊醒站立，
抖落满身的花瓣、露滴，踏破梦境险境。

94. 报恩

当袈裟失去颜色，枯枝却泛出新绿，
绿绿的，是僧人的心情；淡淡的，是浮云的表情。
情之所钟，终于从人间转投山水，
如报主旧恩，却另投山门，另辟蹊径。

95. 莲心

花心旋转，飞天飞升。三位黑皮肤的少女，
也一同升天。天心地心井心，围绕着莲心轻飞。
原来天是一朵花，因为连着地，形成莲花。
原来天地本无心，因为相连而生莲心，莲心清如水。

96. 说空

天从来不曾空，地并没有那么实。
与其插翅升天，不如脚踏泥土，步步生莲。
花总是藏在地里，避开世人耳目，
不让他们听见看见。而你听，地下的风，
原本从天上来，是去年的春风，
还在地下说空说梦，在地下告慰土中幽魂。

97. 翅膀

一面墙上有许多钟啊，各指各的时间，
一片树林有许多鸟啊，各有各的季节。
你在虎背上看见岩石的花纹，我从月亮中触及海的边缘。
我们在一面墙上寻找各自的真，演奏各自的音乐，
却不知这面墙原本是孔雀的翅膀，覆盖了恒河星夜。

98. 沙门

哎呀呀，你的眼睛这么小，世界这么大。
土红的墙面，都是灵性的生命，在行走天涯。
他们在菩提树下歌舞，在喇叭花中吹喇叭，
喜怒哀乐如风霜刀剑，在荒漠变迁，沙山鸣沙。
沙门也是沙门，将满眼碧绿关进石窟。
各路神仙贴在墙上，如会飞的窗花。

99. 笛声

笛声如是说：直到无有，你独自一人，胜于与所有人在一起。
直到有一天，你谈恋爱不如看风景。直到有一天，心已成灰，
看沙漠都是金色羊群。直到有一天，风景里应有尽有，
唯独没有你自己……笛声如是说，在洞中，在人间。
直到有一天，你美了，你就得救了，你就毁了。

100. 拯救

莲花如是说：直到有一天，我开了，洞中花落了。
直到有一天，海枯了，海底成沙漠了。直到有一天，
月亮出来，你就看见流水涌进沙漠，把我救活。
直到有一天，心死了，世界活了，
我就开了，我就败了，我就胜利了。

101. 九色鹿

九色鹿啊，你经过河边，看见溺人就动了善心；
把他救上岸，你就累了；累了就在高山上睡觉。
熟睡的时候，亮亮的云就像一床新棉被，盖在你身上，
流水都在梦里变成青玉白玉而你浑然不知，
不知你和你的梦，比彩虹还多出两种颜色。
可是九色鹿啊，你并不知道王后的梦，
她梦见你和你的颜色，就想捉住你，用你的皮做她的衣裳。
可悲的国王贴出布告悬赏，可耻的溺人前去告状：
九色鹿啊九色鹿，它就在那条河边，那座山上。
国王随即出动兵马，将你团团围住。你醒来，
只见刀光剑影和骄纵的国王，于是你就站在高坡上
对着青山绿水，对着国王讲……你看看我，再看看他的模样。
我还会救你们，直到高山瀑布洗净你的贪欲，
我还会救你们，直到我心不再流血，不再绝望。

102. 四扇门

哪里有时空，哪里就有我们。
哪里有春夏秋冬，哪里就开着四扇门。
可为什么太子出东门见老人，出南门见病人，
出西门见死人，出北门见僧人。而僧人如是说：
不怕，既然生老病死连着春夏秋冬，不如就在此生
经历转世轮回。经文转出的文字经霜弥茂，经雪更真。
一如我们，经霜经雪，已获得松柏的品质，梅花的精神。

103. 古琴

为何我的手上生出眼睛，为何你的背后生出竹林？
千手千眼，终于成空成梦。绿竹漪漪，怎敌血雨腥风。
唯有静坐岩壁，伸出双手，睁开眼睛，
让荒漠上的风吹过我，像弹奏一张古琴。

104. 抱膝

你抱膝沉吟，浑身沾满曙光的颜色。
光中红土，抖落红尘。你的脸庞越来越接近莲花；
淡淡的芳香都是暗红色，落在脚下生出莲叶，
流在石上生出波纹。鸳鸯从波浪间游来，一个个形单影只。

105. 想不到

我的手从想不到的地方伸出；
你们的脸庞从幽暗的墙壁生出。
我们彼此并不相识，却在壁画中打一声招呼。
我们打一声招呼，就招来一群野鹤，
轻声叹息，就引来细沙一样的圣徒。

106. 尽头

悲哀到了尽头，佛的脸上就生出笑容。
荒凉到了尽头，沙漠就生出金黄的光泽。
寂静到了尽头，莲花就现出曙光的颜色。

107. 珍藏

我们并不急于与人交流，我们在壁画中彼此交流。
我们并不急于成仙成佛，我们只在红土墙上享福。
福里有佛，佛不在福中。我们因此哭哭笑笑，
因此啼笑皆非，也一样唱歌，一样生活。
我们生活的世界，就在你们之中，可惜你们从没来过；
偶尔开门看一眼，只看见墙上壁画褪色。
我们在画里画外，琴里风中。我们弃绝红尘，
却用心珍藏你们弃如敝履的诗歌。

108. 中了

中了，我一语中的，一箭射中了谁的心，心中的空无?
我从远古射出的那支箭，正穿过你的时代，谁敢阻挡?
我让箭镞生风生雨，让风雨扫尽人间忧伤。
而忧伤忧伤，一箭射中我的心脏，统领世界的荒漠，它如此凄凉。

109. 我来了

哈哈，我来了，我曾战胜千军万马，至今身披盔甲。
哈哈，我来了，我的战场如今在沙漠里，我统领的佛国细沙，
它们从脚面没过我的身体，像一条大河，又从身上盖住
我的眼睛，我的头发，直到仅剩的一缕红缨，从沙漠里发芽。

110. 扫墓

噢，让我想想，那年发生的事，只在一个孩子的记忆中留存；
那天夜里的火，被岁月剪成了窗花。那扇窗一直开着，
如那个黑夜，像一位忠贞的寡妇，坚守墓旁；
你去扫墓，就能从花丛中，看见死者的目光。

111. 知道

我知道你们那里发生了什么，发生什么都是一样的。
红尘世界的事都是红的，如我们这里的细沙都是金色的；
如我身上的绿都是青草，比野火更强劲，比人生更长久。

112. 彩雕

你隐居在这里多久了，把人间都忘了，世界都忘了。
我找到你了，在这儿呢，瞧，石窟里的那尊彩雕，
眼睛看着什么，又想着别的，什么都见过，什么都不怕，
什么都在意，什么又都看淡了，却不知淡淡的斜阳
织成锦缎、璎珞披在胸前，罗裙飘飞的时候，旷漠荒凉寂静。

113. 咫尺天涯

咫尺天涯，是我们两个一同站在黑暗里
看着微风从洞里滑过，听着山门一开一合；
我们并肩千年，只一丝微风连着心里的花鸟，一颦一笑。

114. 美髯公

胡须里的黑夜卷起来，我只收藏那个秋夜，

当数颗星星从蟋蟀的翅膀下蹦出，飞升天庭，直到永远，
我心于是静下来——此生只需仰望星空、童年。

115. 没什么

鸟依虚空，你们依什么？——没什么。
当饿鬼乞甘露，孔雀开星河；河在翅膀上流，
星星装点虚空；饥饿在壁画中，总求得万紫千红。

116. 无有

大千世界显然不属于我，观音千手千眼，显然没看见我，
也不会伸手帮我。我所归隐的，只是一片绿竹，
竹林里的鸟，偶尔在清风中与我清谈，我就感到满足。
我所拥有的，只是壁画中的一个角落，空无中的无有。

117. 残雪

我的表情已经很淡了，眼看就要化在墙上没有了。
但消失前的一刹那，才是我真正的表情——
时间的表，酝酿千古情。可一切终将消失，
唯有无常常存。因此，不如趁年轻常来看看我，
看我的兰花指指向怎样的兰花，
看我残雪似的面容之下，蕴藏着怎样的春花秋月。

118. 敦厚

我的脸庞是敦厚的泥土筑成，一如
我牵引的狮子，由石头里的金光铸就。
太阳一照，我们就在沙漠里行走，
你们由此看见敦煌的辉煌与敦厚。

119. 征途

怎么说呢？我右手持戟，左手持莲花，
莲花上的宝塔，你们看不见。怎么说呢？
我的征途，我的辉煌，连同我一次次的惨败，
只有荒沙看见，荒凉作证，与世界无关——
我占领的城池都漂走了，如沙漠上的船；
我曾扬起的经幡，如今都是火焰。

120. 箭

还剩最后一支箭，留给自己或世界？
箭还没有射出，箭头已经滴血。那是从前的血，
流在那一夜。夜色深处的沙漠，你遇见古人，我遇见来者，
我们的队伍，如烟尘消散。而这一箭，只射向虚空，
中箭的人啊，已不再流血。

121. 苦行

背着沉重的经书走在沙漠里，手中的念珠已成汗珠，
汗珠落在虎背上，这只虎一直跟着我，如今也累得气喘吁吁。
就这样，我们在烈日下苦苦奔波，不为什么，
只为找个荒凉的地方将自己放逐。而所背的经书，
早晚有一天，被太阳晒成沙砾，被风吹成沙漠。
而无论如何，我们仍在荒沙中奋力前行，苦苦奔波。

122. 香炉

凤凰于飞，香炉吐烟，荒漠中的狮子已变成骆驼，
因疲惫而软弱，因困倦而入梦，梦里金沙，已现出金色湖泊。
凤凰于飞，围绕着泉边香炉，骆驼还在隐退，
退入最后的荒凉，最后的温柔。

123. 落花

我头顶的月亮已经泛绿，下巴上的胡须已经发灰。
我的身体不行了，只能贴在墙上，展示自己的精神和旅行。
我行过的路，如今只是脚下的落花；
花瓣无痕，人们由此忘记了曾经的血迹与风沙。

124. 紫烟

你攥出的愤怒都长出葡萄，葡萄只是紫色的泡泡。
经历了太多世态炎凉，我们的喜怒哀乐
都呈淡紫色，如香炉升起的袅袅紫烟。

125. 嫣红

太多的嫣红让我不堪重负，太多的公主让我六神无主。
你们在岩壁上飞，在石窟里遨游，翩翩起舞，
过美的舞姿乐音，更让人心碎。

太多的嫣红幻为橘红，橘子映入画中云中。
我仍在画中旅行，在风起云涌的沙漠，苦苦奔波。

126. 静美

静美的落叶啊，如此喧嚣，如临近的死亡，
如风如电，如月如刀。我们因何不安，在死亡来临前，
我们为何静美，面对墙上的喧嚣？

任他们射箭，任他们升天，任他们舞蹈，
我们即将隐于岩壁，静观流水断桥。

127. 我们

我们是石龟，把洞窟当作洞天，晒晒绿壳，
晒晒时光，我们是九色鹿穿墙而过，
中箭也不受伤，欢跳的草原、荒漠，
只在我们心中的墙上。我们是一双手，
从土地里伸出，带着先辈的汗水与荣光，
饥饿与寒冷在心里春水荡漾。我们是生死恋人，
相爱时也不忘走近荒漠，寻找云根孟浪。

128. 本身

互相做个手势，我们就明白了千年古意：
裂痕与残缺，都是燕子在墙上飞。
燕燕于飞，从洞窟里再度出发，
它们去往的极乐世界，
在我们，原本是一种苦涩——

本身生本，本生本身，我们原本是
马蹄间的春草，草间青藤；
我们的灵魂互相缠绕，一身连着千万亿身。

129. 音色

风笛与排箫把我们吹上墙壁，
我们一并获得了飘带、衣裙；
肉身源自泥土，我们生于缥缈的乐音。

日月相遇时是我们的肤色，
透明的肌肤生于落雪和星星；
那是九色鹿从极乐世界一一衔来，
花开时，我们已凝成蜜橘。

130. 泡影

千年泡影比真实更真，不来看看我们，
你怎知自己是什么人。不来也行，
沙漠的行旅，被风吹成一个又一个梦境。

许多梦聚在一处就是我们的洞窟，
如你的家倒挂着异兽珍禽。

131. 飘风

红旗卷起来再展开，多出七十二种色彩，

贴在心上脸上、树叶上，虎皮、熊背上，
七十二界因此奔走，因此飘飘荡荡。

飘风在石窟里回旋；阳光盛满玻璃暖房。

132. 妙音

紫鸽子咕咕叫着，紫色花瓣就飞到墙上。
墙头开的什么花？紫玫瑰，金喇叭，
传送妙音时，清泉注满荒沙。

静一静，花开花落的声音还在路上，尚未回家。

133. 非飞

飞鱼飞人飞天，非梦非石非马，
你们在世外狂奔，洞里拈花，
飞来飞去，只在一只孔雀翅膀上挣扎。

那只大孔雀，一边飞升，一边落下。

134. 伊人

对岸睁开眼睛，望着所谓伊人。

岸在转移，移至九州之中，九色鹿名下。

当兵荒马乱，乱红飞洒，你们只静静相约
在山中月下。谁在水上拨弦，心中放马？

135. 五六七

你们五个孩子在洞里还好么？光环里的世界，
暗淡无光。而你们都已经点燃时光，
用前世花园里的灯盏，照亮来世金矿。

只是第六个孩子丢了什么，魂还是钥匙？
——第七个，正将它们握在手上。

第七个，你们还没发现，是个小姑娘。

136. 荒丘

那段路，断在这片荒丘。在此相聚的，
只有一扇飞天的翅膀，一袭银色溪流。
日光低头，月光抬头，像一柄鹤嘴锄；
白鹤用滴血的红嘴，在沙丘上啄出什么？
——万紫千红，一片荒丘。

137. 乐谱

像丝瓜从藤蔓上垂落；音符悬于乐谱；
露珠尚未从幽暗中醒来；果实在枝头含着酸楚。
我们生于岩壁石窟，不是画师画出我们，
是我们在洞里，奏出大千世界。

138. 什么

夜生出双乳喂养什么？花开在荒漠汲取什么？
心藏在石窟温暖什么？浪跌落九泉溅起什么？

什么弯弯曲曲，托起莲花宝座？
什么寂静无声，震碎红莲万朵？

139. 微笑

瞧，我们都不说话了，表情被你们掳走；
听，你们凯旋的时刻，鼓乐喧嚣；
我们失败的表情，只有去荒漠寻找。

瞧，你们找到什么？
——我们永恒宁静的微笑。

140. 排排坐

排排坐，果实就绽开了——
不是石榴是什么，不是红橘是什么，
不是芒果是什么，不是窗是什么，
不是洞是什么，不是欢乐是什么，
不是什么是什么？

——不鼓而乐，不期而遇，
不请自来，不战而胜，不翼而飞。

141. 桃仁

当曙光像核桃一样从山背后裂开，
桃仁中逃出的人是不是我？
我曾以身饲虎，又被毒蛇缠绕，
但为什么总在裂开时重获新生？

转世轮回，我依旧甘愿做受苦人，
只为灵魂如暗夜烛火，
在幽暗的石窟，放射大光明。

142. 塔心

塔的耳朵听见寺庙里的风；你听见什么？
塔心跳出藏经洞和洞窟里的经文；你跳出什么？
白塔在风中排列成一支送葬的队伍；你送谁
一路风尘仆仆——那人不是入土，是从土里走出。

143. 没得法

那人坐在黑玻璃后面的碧水中，
水生莲，莲生花，花藏藕，你藏什么？
黑玻璃后面的山是温润的，风是绿的，洞是黑的，
镜子在墙的背后，写着看不见的文字：
法本法无法，无法法亦法。你们法很多，我们没得法。

144. 莲花网目

那人飞了，莲花网目观音。

红的翅膀，蓝的心，石榴一样的情人在怀中低语；
说什么什么开花，花瓣坠落的每一处都新开一窟。

一窟一哭，石窟实枯。哭声挂满笑容，苦笑结满硕果。
树在发光，我们围绕着四周，载歌载舞。

145. 心不动

太多的僧侣聚在一处，盛大的聚会，
音乐在风中，在仙桃里，在落花上长出眼睛，
生出滴露的喧哗与莲台寂静。

寂静寂寞的万国万民，如今聚在一处，只为一点甘露。
甘心抛头颅、洒热血的信众信徒，如今只投身于一朵雪莲，
她在风中颤抖，大地摇动，你们心不动?

146. 问

你静悄悄询问：什么是你，什么是我，
什么是花丛中的花丛，河中之河?
什么是雪中之雪，什么是白中之白，
什么是渡口中的渡口，艄公里的艄公?
他捎去的那句话，那条船，那个梦，
如今航行在谁的枕边，谁的窗前，谁的梦中?

147. 佛国真梦

你们尽管开花，尽管沐浴，尽管成熟；
我既然是你的孩子，就敢于承受悲苦，享受极乐。

光环于我，是烈火，我在火中熬炼，
身如菩提，心如槁木。当我的叶子落下雨滴，
每一滴都是你的种子，佛国真梦。

148. 既已为王

孩子，你既已为王，挥刀做什么？
既已成粉末，已成天女散出的花朵，躲什么躲？
不如侧身，与花朵分离，将刀剑立地，
化成一根枯枝，连接天地人。
一贯三为王。而你只在王土耕耘劳作，
织一张飞毯，挂在天宫。

149. 幻

你们在奔跑时长出许多腿，
在伸手时生出千只手臂——
一只手点一盏灯，摘一只红橘。
月圆梦圆，巨大的时轮仍不停旋转，
吹一口气，就生出许多脸，
每一张脸上，都汇聚万水千山。

150. 凉风

凉风悠悠，渗透泥土。光的液汁，
如蜜蜂采蜜，在土中嗡嗡；不是飞，是唱；
不是唱，是歌；不是歌，是破碎的云
牵引千条夕阳，万缕晨曦，一并复活。

——幽蓝的夜，破土而出。

151. 三生

既然感觉到石头冰冷，我们就冷静思索；
既然冷风开花，我们就在花中静坐。
河水浸润树根，不也一样浸润云根、慧根么？
既然前世今生分坐两旁，我们不是三生有幸么？

152. 困倦

彩色河流里，原本有那么多笑脸，那么多舞姿；
琴弦在流水里弯弯曲曲，拨动的波浪，从此都会唱歌。
飞天在河里亭亭玉立，只因河从天上来，从夜里来；
挂在瀑布上的时间都被浇灌出黑色花朵。

一朵花里藏着一夜，我们都困了倦了。
倦怠的鸟不想飞，倦怠的人，这一次什么也不想说。

153. 横空

你们又来了，横空出世的壁画，
是穿越江流的隧道，穿墙而过的大河？
每一尊佛像里都隐藏着一个神。
佛与不管什么人，神与无论什么佛，
无论哪条河，哪个人，哪一片时空都是一样的。
一样的泡沫，一样的巨流、细流，
轻轻波浪，从蒲公英的旅途中生出，
它们飞着飞着，麋鹿与白马，人与青苗、野树，
孤苦都是一样的。

154. 盘旋

将翻开的书合上，树枝弯曲，双翼收拢；
将河流折叠，掌心合十，你就推十合一，
与河流上游的知己相会相知——

距离不怕远，只怕一条直线；
只要弯曲回环，五彩斑斓，
车轮、时轮与沙漠中的年轮，
就会自动盘旋，如残月复元。

155. 玉带

一缕河流像一根玉带，飘着飘着
就连接了玉树琼枝与墙上冰河。
人像与石像，石头与木头都伸出头来
告诉另一个世界：你们与我们其实是一样的，
就像人和他的影子，树和它的倒影，
就像一家人，住在河流两岸。

156. 我来了

两岸有时会合起来，把河流变成喷泉，
就像有时候，我会悄悄来到你身边。

就像我一走，家就空了；你一走，
墙壁就失去了所有颜色与画面。

可是我来了，我和我的影子，
从两侧两岸，悄悄聚拢在你身边。

157. 火纹

你站着不说话，但河流开花；

如松林遇见火焰；像没有灯的地方，
黑暗中浮现旷野，旷野上飞出孔雀——

火焰的纹路勾勒出的花边，最适合
装饰我的窗帘，我的悲哀。
淡绿与黑红，笑容与苦涩，
都是沙漠因渴慕远古而溢出的泪，溅起的海。

158. 牛车

牛在墙上拉车，已整整一千年；
逐渐褪色，是因为小雨细如牛毛，密如光焰，
一点一滴，将笔墨收回，如收割麦田；
田野里的时光都竖立成捆，
等待着农夫肩挑背扛，回家过年。

159. 我的山

鹅黄的石壁被天光冲破，我在寂静中
写一本书，一部我的心灵史——
那里的羊群从墙壁爬满山坡……

我的山近在眼前，伸手折一根山上树枝，
就做成一支笔开始写作。

160. 葡萄

葡萄会结在绿云里，飞天会潜入黑水中；
白山黑水，夜里醒，白日梦，
梦见的礼物，又被夜晚一一收回。

一群人依旧排排坐，一排佛依旧静如河。
河流动着，佛就露出笑容。

161. 拜托

拜托拜托，这世界只剩下我们两个，
拜托拜托，我们所拜之佛托梦托我
向你们问候，并问候你们刚刚离世的母亲——

她在前往彼岸的途中一路颠簸，
我们已看见经幡与帆影……
也问候你们这些孝男孝女，
其实，我们在佛国也一样孤单寂寞。

——拜托拜托，请你们照顾好我的母亲！

162. 琼枝

琼枝呀，你不要去惹佛，这里不是人间，
不是海底，也不是石窟洞里，
这里是阴阳之间，不离不弃。
这里是佛的家园，他正在家里打瞌睡——

不要去惹他，他正在安睡，
瞧，两位黑奴正在给他扇扇子，
一个是我，一个是你。

163. 骆驼

骆驼呀，你慢行，车上长出的仙树已挂满红云；
骆驼呀，你慢行，你的干渴与艰辛已被沙漠收藏，
藏进它细密的纹理，碧绿的心。

骆驼呀，你慢行，一路风景，只为你伤心的泪眼而生。

164. 凌乱

房子有些凌乱，褐色窗棂被海水侵蚀；
木墙颠倒，天花板移花接木，接通了小路——

你踩着破碎的梦境走回故园，脚下涌起的海水
围成蓝色的栅栏，你顺着它们踏上房顶，
才发现眼前所有的场景，小时候全都见过——

有人坐在屋里念经；绿色葡萄藤拉开帷幕。

165. 药

许多病痛聚在一起，就生出清凉的画面——
病人倒地，一半的身体已没入泥土；树上的野果，
他们伸手就能够到，吃了就起死回生——
身边的河流像一服汤药，流露出伤心的颜色。

166. 福田

福田有一座山，生出一双慧眼，
福田有一片树丛，长满幻觉。
福田有辆马车，钻出一个人，
仿佛拱形的墓碑上，现出故人。

那人我认识，他种的树都是红色的，
红枝、红芽、红果，树干仿佛冷凝的冰火，
我坐在树下乘凉，火焰都冷飕飕的。

167. 和平鸽

快目王施眼，月光王施头，你剜肉贸鸽，
喂养那只天边飞来的和平鸽；那鸽子
带来的和平本来在圣经里有过，佛经里有过，
可你非说这个时代也有，因为有我。

168. 误射郯子

马蹄倥偬，震响的泉水在石上横流；
马鸣萧萧，受惊的白鹿，风一样奔逃；
国王弯弓引箭，月黑风高……
可天真的郯子啊，还在泉边汲水，
还在向杀气腾腾的国王问好……

169. 红门

好熟悉的红门，将红山绿树尽收其中；
好亲切的红门，将山中菩萨尽收梦中。
这是怎样一个家，一座石窟，
菩萨守门，飞天开阖，一开一阖，万紫千红。

170. 幻觉

法轮倒转，像钻头钻入至深的哀乐，
黑暗在地底放光，正大光明，将菩萨的面孔映红。
瞧，另一个无头的菩萨，将一只手贴在前胸，
像美国人听见自己的国歌。

法轮正转，红莲上升，
我们在沉沦的世界靠幻觉支撑。
幻觉如双桨双翼，一划就前行，一振便飞升。

171. 地方

云从树下经过，树长在什么地方？
水从床下流过，你躺在什么地方？
人从人间离去，魂住在什么地方？
鹤从云天栖落，是我们相聚的地方。

172. 蓝琴

蓝琴、蓝旗、蓝鲸，汇聚在海底，
我们的骨骼因此松动，听不见战鼓的声音。
唯有灵魂的呻吟，震响深海；
唯有蓝色骨头，变成水晶。

173. 可以

给我自由！——可以，只要我们在黑暗里，面面相觑。
让我沉醉！——可以，只要醉后醒来，仍旧来荒漠相会。
让我们一同死去！——可以，只要相约来世，
做荒漠青草，远远望着，一如今生，若即若离。

174. 我喜欢

我喜欢在空白里发光，喜欢在沙漠中写字；
我喜欢在看不见的地方种看得见的树，
喂养看得见的麦苗和狐狸；
我喜欢狡猾的狐狸给我出单纯的主意，
我喜欢随心所欲，我的欲望终归无欲，
一如养在天边的狐狸。

175. 拜一拜

拜一拜，我们跪下来，拜一拜沙漠中的海；
拜一拜，我们站起来，拜一拜雪地里的雪。
拜一拜，我们回过身，拜一拜身后的影子；
拜一拜，我们起身拜一拜朝圣的旅程，未知与未来。

176. 华丽音符

我们在华丽音符中传道授业；
我们在石窟、彩云间一步登天。
我们的作业，自己在黑暗里完成；
展开作业本，你们将发现这世界的光源。

177. 忽略

海水飞旋，在空中命中；
罗刹鬼张牙舞爪，凭空袭击我们。
我们坐在木船上，“若为大水所漂，即得浅处”；
若为罗刹鬼侵袭，即背转身去，忽略他们。
忽略是克星，妖魔从未听说过如此威力威名，一触即溃。

178. 绿蛇

风像一条绿蛇，所到之处，吞噬着春意。
春天的心意人不明白，他们背转身去念经——
经书里的獴，已窜入山中捕蛇；
经书里的蝴蝶全都飞进了花丛，难怪小和尚
念着念着直打瞌睡，而老和尚十年前就已经睡着了。

179. 颠倒

世界颠倒，我们也颠倒过来，
头朝下，脚底莲花盛开，
覆盖我们的心愿。世界颠倒过来，
我们潜入深海，海水幽深，
总有鱼儿如音符一般浮上来。

180. 大欢喜

我们从黑暗中解脱出来，
我们在石窟中自成方圆，
我们从黑暗中寻见大欢喜，
大的欢喜如海的细流，渗出碧晴的天，
我们在天边自成一体，一尊尊自画像
像一朵朵云船，乘着梅花的降落伞，
飘飘荡荡，降临到人间不曾有过的春天。

181. 仙树

仙树呀，请你理解僧人的喜悦，
他们念诵的经文今日是成群的飞鸟，
将去年秋天的落叶，一片片衔回枝头，

看它们返青，并喜迎果实再生。
仙树啊，请你理解人间的心愿！

182. 忘了

我们都已经忘我，忘了经书忘了芝麻和仙树，
忘了树下的人们曾经谈论过我们，一如我们
谈论的先人曾在另一棵树下谈论他们的祖先，
忘了他们的祖先曾撑开斗篷从沙漠中经过，
忘了他们经过时芨芨草的笑容里有河流的颜色。

183. 婆罗门

婆罗门啊，你度人的时候自己成了一只红色壁虎
爬上墙，爬出一幅壁画，壁画中的河，
我们曾经蹚过就必然还能蹚过，所以你成了。

184. 一竖

一竖是空白，是圆柱，是空心的树里
卷曲的春秋；你曾经将它们展开，
见过树的心事，佛的心情与空的色泽。
飞天在树里盘旋上升时，
树的年轮下沉，再下沉，

沉入九泉下的波纹，正如九色鹿
向荒山奔跑时，身披的朝霞与晨风。

185. 红人

我是红人，我是壁画中金刚的灵魂。
我的力在墙上，如山洪推开法门，
高压水龙头冲开示威游行的人。
我是金刚力士，是逆流而上，
孤苦伶仃的壁画中的红人。

186. 余生

我们也红了，因为你的热血，你的冲动。
你的余温里的朝霞，死亡之后的微笑，
被撕碎了；我们从那阵风，那支队伍里走散，
红色浸透了整个余生。

187. 霞光

枣红马在沙漠中走啊走，马上的战士
已在荒沙中丢失了面孔。荒沙蒙面，
却将征衣上的霞光一瓣一瓣摘取，
贴在日后的每一个清晨，每一扇窗前。

188. 让

让他们去说，我们不说，让他们去斗，我们沉默。
我们在石窟里默默相爱，如白天贴近黑夜；
如冬天落在自己身上，血融化雪。

189. 苍穹

穹顶、苍穹都是我们自己用头顶出的，
别看我们是泥土中的一群小虫——
惊蛰于我们无异于声声沉默的惊雷，
我们顶出的一片天，依然在黑暗中，
我们在土中涌起的波浪，篆刻的文字，
后世的人们终因仰望而重新发现、认识。

190. 凛冽

一阵风吹来的时候，果实表情空空，
如佛像失去了面孔。你从风中来，从凛冽的雪里，
抽出一根红领巾。童年的树，渐渐泛红；
你用白雪包裹的春天在夜里发芽，
石窟里画画，所到之处，春意总藏在静默之中。

191. 萍水

花园有时须立着看，花丛就在海里，在风中。
孔雀翅膀贴在你身上，你以为是一件衣裳。
许多莲花围拢过来，人们以为是萍水相逢。

192. 归顺

红的风，绿的风，把我们吹到当中，
我们落在空中，无所适从；
于是万物渐渐归顺我们，
正如白雪覆盖的春天，万紫千红。

193. 背后

背后还藏着一个你，一个我，
不与人群而与树木交流——
树木因此生出枝叶的翅膀，
它们轻飞的时候，也带我们一起走。

194. 流逝

我们飞快流逝，只为停一停，

停在你们面前一瞬间；你们看见什么是什么，
我们只是一闪而过，风风火火——
蓝色裙带是远古的海，跟随我们走了一程；
红色袈裟是千年晚霞，一路托着我们……

195. 菩提心

我们庄严地站在这里，向菩提树承诺菩提心——
黑黑的皮肤，死亡的阴影一概是照亮我们的光源；
心光暗绿，那是最后的春天，在我们心里残存的一丝痕迹。

196. 藻井

海水有刺，刺猬一般的海藻悬浮在头顶；
我们常住海底，偶尔浮出水面，一时还不能适应。
我心适于蓝色，喜欢蓝鲸在洋流旋转时，
任意飘摆的柔软胡须。

197. 药师

药师最终将自己炼成一株草，
长在半山腰，让采药人经过时顺手采撷。
可后世的采药人，已认不出这是什么草，
什么药，也不知脚下，踏过了什么人。

198. 空白

许多空白收拢了许多雪，我们在雪地里
艰难前行，看不见未来——
我们来到的地方，这世界并不存在。

我们开垦的荒野，在雪地之下，春天之上，
我们并不抽象，而只在象鼻上
插一朵野花，让它闻闻花香。

199. 贴心

沙漠贴身，壁画贴心，我们贴着墙壁
摸索前行；手指触碰的地方长出花草，
花花绿绿的世界，因我们的探索而生。

200. 不问

幽林水静，我们顺着一支排箫，从深山里流出；
脚下的绿色波浪，头顶的云纹、树木都不问为什么，
从来不问；如同风问个不停，孩子不停地询问：
我们是从哪里来的，为什么会是这样而不是那样的？

201. 火中禅定

就这样坐在火中，听火里的哀嚎与呻吟，
就这样坐在火中，火中取凉，火中取静，
火中取一段丝路与沉寂。丝路中的雨，
从脚下的泥土迂回上升；倒流的时光，
将残荷、幽梦一并托起。

202. 乌波斯迦

乌黑的波浪里有位佳人，是个男的，
近事男是个男童，男童是个童子，
童子是个孩童的孩子，赤身露体，
他除了玩耍什么也不会，而他的玩耍，
是一种奉献服务。他服务的小鹿，
顶破墙壁，从墙上伸出鹿角；
他奉献的鸟，还没有飞倦，已经回归。
他用拂尘拂去的，如今已不是灰尘，
而是骨灰，从骨灰中新生的，
是无数会飞的孩子。

203. 比丘尼

手持莲花、虔诚肃立的是谁是谁?
是比丘尼，供养比丘尼。
你们供的人是谁，供养的佛在哪里?
为何此生不堪回首，身后总是凄风苦雨……
比丘尼，供养比丘尼，不如丢弃莲花，
回转身去，重走苦难人生路，重新放逐并创造自己。

可是不必，不必，比丘尼微笑道，
瞧，我的面孔是蓝色的，莲花已经变黑，
脸上和心中，已浸透海水。

204. 摩尼珠

莲花摩尼珠，你在胸前闪烁的，
不是夜是什么，不是空是什么，
不是夜空里升天的海水与明月是什么……
月亮黑黑的，好像初生的孩子依恋着羊水，
而飞天可不迟疑，早就变成脱壳的知了，
在绿叶间飞，将甘露洒在你们头顶。

你们手持莲花，并肩站在菩提树下，

头顶的光环隔世才能看清。你们不是光是什么，
不是环是什么，不是菩提与迦叶又是谁呢？

205. 忍冬

你被飞鸟衔走，飞鸟的翅膀上，就生出忍冬。
你被野鹿叼去，野鹿的四蹄，就生出你的花纹，
它们一路奔跑，在岩石上开花，在荒野传递喜讯。
忍冬，你忍受的冬季正徐徐降临，远没有过去。
忍冬，你忍不住的时候，跟我说一声。

口含忍冬，我就要变成一株忍冬草，这是我的光荣。

206. 婆薮仙

将前世杀戮的鸟托在手心，鸟就在石窟里飞，
飞出洞口，连同你前世的罪孽，一并消失。
而身后的七巧板还在自由拼贴，
顺着流水的意志，拼出新的图案，新的意义。

207. 鹿头梵志

你敲敲头就知道鹿头或羊头，敲敲骷髅
就知男女前世姻缘，爱情根由。

而今，佛赐你一枚黑太阳，
你知道，那是黑黑的死亡，
敲来敲去，也发不出任何声响……

啊，黑太阳，黑太阳，
曾经是谁的头颅，发出怎样的光芒！

208. 文殊

文殊的纹路有些特殊：殊途同归的，
是一次呼吸，只有吸气，没有呼出，
他吸进了山里的空气，就坐在殿堂内歇息。

蝉鸣织成的门帘，挡住了噪音，
却隔不断水声。五个听法弟子，听出五种心情。

209. 弟子听蝉

弟子听蝉，有的听成了鸟，有的听成了蝉，
有的听成了黑影，在月圆之夜，来到亲人的墓前，
用亲吻软化冰冷的死亡，安慰寂寞的夏天。

210. 绿池春水

绿池春水，随着时光的推移，
变成浅绿、深绿，墨绿、淡绿；
绿，也会像鸭子一样旋转、自转。
可是，粉红的莲花都已经慢慢变黑，
不忍用悲哀的颜色，映照春水……
而恰逢此时，两块石头化成一对鸳鸯，
翩翩游来，荡起涟漪。

211. 方言

众弟子、众菩萨、飞天伎乐身，
你们身在这里，心在何处？
若用心倾听，你们就会听出今日，
我在用方言讲经，你们好生听到起，
我今日要讲的是水一样的沉默，冰一样的寂静。
假如有一天，洪水来临，我们一并入水，
在水中要学会像荷叶一样生长，像鱼儿一样呼吸，
要学会与岸上的众生，遥相呼应。

212. 小虫

麈尾挥一挥，竹林动一动，

一同颤动的，还有竹林里的小虫，
它们认识七贤，并组成七支队伍，
在人迹罕至的山林，歌舞啸咏，
偶尔遇见讲经法师，便围过来倾听，
听着听着，才发现自身从来在圣殿庙宇之中。

213. 涅槃图

你躺在那里，像一根枯枝，许多鸟
栖息在近旁，许多果实挂满枝头；
你躺在那里，像一根枯枝——
树还是绿的，绿肥红瘦；
你躺在那里，已散尽忧愁，
被天光镀上一层金色——
金色年轮，由内至外，照彻死亡；
你躺在那里，静候时轮飞转，火焰升腾。

214. 火化金棺

瞧，那黝黑的山石也经不住死亡，
不忍见火焰吞噬你的金棺金身，从山里扑出，
如树枝上的黑鸟，纷飞栖落。
瞧，另一些人围在烈火旁，静默沉思：
看见的火里，有你的金棺金身，

看不见的死亡中，蕴含着什么？

瞧，众生的悲哀，被火光映红。

215. 灵鹫山

山探出头来，是一只青鸟。
鸟鸣悠悠，山深林密，
斜坡展开碧绿的鸟翼——
灵鹫鸟，你就要带着深山一起飞。

216. 船人遇难

船人传人，遇见怎样的危险，怎样的灾难？

船倒下去，波浪立起来，你从此在水中爬山。
山中的沉船，镶嵌在岩缝中，
等你来时，已吹响海螺，张开贝壳。

船人遇难，在心里默念菩萨的时候，
天旋地转；立体世界，从此展开；
你的船从此进山，墙上莲藕，随意采摘。

船人遇难，传给后人的不是灾难，
是远山近水，水中青山。

217. 贪凉

许多人划船，每个人都在水中
复制自己的身影，影子叠成山。
山上的船，在树林里游荡，
羽毛扇扇动着波浪、云浪，
我们坐在船头，饮一壶酒，贪一阵凉。

218. 小飞天

小小的飞天，掀起一阵大风长风，
长风引出红发、赤霞，变幻的影踪。
小小的飞天一回身，身后的鱼儿、雨儿、
心儿，还在不停地向前猛冲……

灵感就这么来的。飞逝的云朵如是说，
与此同时，已坠入长风。

219. 乞求

给我一件衣服，让我在冬天穿得暖和；
给我一片雪地，让我覆盖血迹与车辙。
给我一片光，让我将变黑的身躯重新照亮；
给我一次生命，让我献给我去世的母亲。

220. 墙缝中

我已藏进墙缝中，我已学会将所有悲哀
一概只对土墙诉说；墙里的土吸饱了我的哀伤，
生出莲花，出乎我的料想；想不到土生莲，
莲生花，想不到花瓣在墙上千变万化——
仅一个说不出的悲哀与想法，竟生出如此无量大法。

221. 比丘

比丘好比山丘，山坡在脸上一枯一荣，
一苦一乐。季节变幻，总是藏在身后；
心中常绿的，唯有青碧山河。

222. 翼兽连珠

我们在天空奔跑，我们在沙漠中孤寂远行，
行至洞窟，就在壁上走，行至心中，就在草上飞。
你心中的野草就是我们的翅翼；我们是你
草原上的走兽飞禽。如今我们连在一起，
如挂在胸前的念珠，随时将你带入荒山野岭。

223. 大孔雀

大孔雀，你飞到这里来了，这座彩色的山峦，
这墙上流溢的水草碧溪，这大片的山间红岩，
红土青山生出的花纹和风雨……你是谁?

大孔雀大孔雀，为何你的心间生出朵朵雪莲，
而莲花宝座上生出的，不是飞雪，是凝雪积雪，
她露出怎样的微笑，我们就拥有怎样的世界。

224. 不要

不要为我镀金，不要在我头顶描绘光环，
不要让我心底的颜色都涌出来给他们看。
不要让鸟鸣从墓中发出，不要让手指生出兰花或雪莲，
不要让我们的沉寂成为喧嚣世界喧嚣的理由，
不要让我黑黑的肌肤晶莹剔透，如深夜涌出的河流……
那不是我的本意，不是我的本心——

心意泯灭之时，一切却又复活、重生。

225. 万花筒

很多种颜色在我们脑海中拼图，很多雨丝
将我们绑在墙上让我无话可说，
我们用心旋转的万花筒已在大千世界
现出自己的形态与颜色。而我们依旧
把头埋进深夜沉思默想，将星空
当作另一只更大的万花筒。

226. 喜气

一只手将墙皮剥开，看不见的手呈现我们；
我们一直藏在墙里不说话，也不出声；
无声却有形，有心人看出我们的形象，
正合他们的心意，于是用心用手剥开墙皮，
呈现出我们或他们自己——
我们一出墙壁就焕然一新；
时光之火，将我们炼得喜气盈盈。

227. 隔壁

我一进洞，洞窟就安静下来，
佛像点头，菩萨欠身问我：

一路上辛苦了，到这儿有什么打算？

我说算算今生已过了大半，
看看人间荒凉一片，不如找一座沙山，
开一龛石窟，面壁思过。

想来也不必走远，隔壁就还空着。
菩萨如是说，这里是深秋，隔壁是盛夏。
这里叶落花黄，那儿连蝉声都是绿的。

228. 化身童子

花茎有时候会绕在身上——
我看它在生长，它看我化身童子，
站在龟背上。石龟慢慢爬，
爬上树的时候，树已倒立水中。
石龟游泳，我们歌咏，咏而归，泳而乐。
——你是莲花的根茎，我是什么？

229. 空缺

书缺了一页，只有用想象填补，回忆弥补，
如夏天走了一个人，心里的空缺，
只有用绿荫弥补，蝉鸣补足。

而今我一个人坐在树下翻书，
书中缺页，满纸清梦。

230. 飞天童子

你飞吧，就像我小时候。你飞吧，带上我。
洁白的童子，像雪一样飞，
蓝白的飘带，带你回天国。

天国也是故国，在海水淹没的古镇村落；
我也将去那里，寻找我儿时放生的蝌蚪；
它们如今在你的画中，你的石窟里，
在飞天童子身边，快乐畅游。

231. 未可知

黑黑的小蝌蚪，你从母体中游来，
父爱中游出；你们出入演变的地方，
至今未可知；我想去那里看看，
那里一直有我；我想来看看你，你不认识我？

232. 你们两个

你们两个站在一起，像兄弟更像姐妹。

你们并排站着，风就把衣带吹起来，
缠绕在一起，像两棵树枝叶交织，
两条河支流交汇。两兄弟两姐妹，
你们就这样站在一起，不远不近，
远远近近，把我们想说的话藏在心里，
把我们想做的梦放飞在空中，
把人间亲情友情，化成笑容。

233. 曙光

那么多的曙光藏在我们里面，
有旧的、有新的，在唇上、在额上，
在心底、在脸上，在我们的衣襟之间、
头顶之上，在我们的菩提树上、莲花宝座上，
难怪这一切，今晨都是红莹莹的。

234. 音符

我也有曙光，它是另一种歌唱，
我也有夕阳，它是另一种辉煌——
有如鼓声入水，紫葡萄渗出院墙，
我身心挂满音符，它们伴随我很久，
如葡萄酒已经酿红，溢出芳香。

235. 供养童子

是我供养你们，还是你们养我？
我托起的向日葵里，许多太阳都认得你们，
照耀过你们童年的身影和村落。
如今，它们收敛了光芒，长在我手中。

还是你们养我，喂我好吃的。
我脸上的红润，心里的快乐，
连同夜半三更，让我笑出声来的美梦，
都是从你们得来的，而照相的时候，
你们总躲在我身后，让我一个人对着镜头。

时光一闪，我手里的向日葵都化了。

236. 禅僧

禅僧与蝉声越走越近，
在山间与山色相融。
草鞋淡绿，袈裟殷红，
心中竹林，疏疏雨，淡淡风。

禅僧在山里，山在蝉声中，
彼此越走越近，相汇相融。

237. 最后时刻

尽管到了最后时刻，我还在供养你们；
尽管山穷水尽，我立在墙上身影已接近墙皮，
千年水墨还在挣扎，残存的影像，仍不肯逝去。
尽管到了最后时刻，我还在散花撒种，在坟墓上，石窟中。

238. 擦伤

时光擦伤我的脸，让我的神情更从容宁静；
壁画剥落，只是呈现出绘画的本质，画师本心。
我无意间经过的春夏秋冬都成了我的孩子，
轮流回来探亲。

239. 表情

我的表情里开出的花朵从前都长在山里：
车前草挡在车前，灯笼花点亮灯笼，
它们如今在我的征途中生长并点亮我的漫漫长夜。

240. 好花常开

我用思想托出一只盘子；你用心思

转出一个轮子；她用心放出一只鸽子。
鸽子在天边沙漠，衔着一粒一粒的细沙来来回回飞着，
等它将大千世界无垠沙漠中的每一粒细沙
都衔到另一个无比遥远的世界，你的睡梦还没有醒；
我还在用短暂的生命等她醒来——
我的盘子和你的轮子里，因此好花常开。

241. 我

我在你背后你看不见，
我在你头顶你不知晓，
我来自你身后青山，心底大光明，
我是五色莲花，有不落的花瓣。

242. 褶裙

马蹄在绿洲中间踢踏作响，
瀑布抚平了岩石上的皱褶。
你的褶裙被风吹起来，
裙子上落下的花瓣，如四季飘去飘来。

我们在一方净土之中行走天涯，
我们在菩提树下顶礼膜拜。
拜一拜一个平凡的生命，小小的世界，
这世界就展开卷曲的山水，华丽的宫殿。

243. 一匹马

世界那么大，我只有一匹马，
行在荒漠里，前后都是沙。
马蹄在沙漠里作画，画的都是莲花。
世界那么大，我只有一匹马，
我们是一座行走的城，
城头的道路，开满莲花。

244. 佛光

石窟是我的家，里面静悄悄的，
关起门来，一家人就开始走动、生活——
“下脚能行千里路，归家胜读十年书。”
而十年书早已读破，我还穿着破芒鞋
在戈壁行走；有时候，荒沙像江水一样涌起，
有时候，石窟就是我的船舱，我的住所。

而今，我住在荒凉寂静中；深山蝉鸣
从岩壁涌出，如佛光注满心胸。

245. 橘色

我把什么都说尽了，面孔都说得红润枯黄，
红润是因为一颗石榴爬上生命树，
枯黄是因为一生只有短暂的时光。
红润加枯黄最终成了橘色，
愿你们看见我像看见橘树一样。

246. 云裳

星星绿草，片片莲叶，绵绵春水，飘飘云裳，
顺着时光之风，披在我们身上。
我们因此静坐，因此飞翔，飞着飞着，
就坐在墙上。我们的时空像岩石一样重叠，
有增无减，一如岁月，时时散发着花香酒香。

247. 冷风

大千世界太满，我们是飞天、孔雀；
大千世界太艳，我们是红梅、白雪。
大千世界没有一处空缺，我们因此空空如也；
唯有荒漠吹来的冷风，带给我们些许温暖。

248. 学什么？

菩萨，跟你学什么？
不哭、不笑，在石头里变成柔软的生命。
石头裂了，你的冠冕挂着的珍珠，里面是海。
你伸手摘下的葡萄，在空中生出葡萄架——

菩萨，跟你学什么？把葡萄架在空中，
把海藏进珍珠，把眼睛眯成一条缝。

249. 吊灯

大欢喜像一盏吊灯，灯光里藤蔓缠身，
缠绕着前世今生，就连早晨的阳光也绕在里面，
像一只大蝴蝶扑扇着，仿佛找到来世又来到今生。

250. 你是谁？

你是谁？我是小沙门。
我是谁？你是红衣老生。
千年就这样过去，你身后的竹林还是绿的，
我身上的袈裟，依旧是桃花的颜色。

你是谁？我是你竹林中的朋友。
我是谁？你是我多年前弹出的琴声。

251. 画像

我是你前世的画像，早已映在墙上；
我是从山里长出，如岩石上的青草、霞光。
那些草木都是生前陪你一起长大的，
你看，我在敦煌也不在敦煌——
你在哪里看见我，哪里就是你的敦煌。
我在哪里看见你，哪里就生出我心中向往的地方。

252. 椭圆

绿绿的椭圆的脸，像一个春天的气泡；
泡泡里的空无，将土墙都变轻薄，
薄薄的像一层窗户纸，窗花玲珑，
轻轻的像一阵风，随泡泡起落。

253. 飞翔

翅膀有时候插在墙上，是立柱，是光芒；
薄薄的蝉翼镶嵌其中，飞的时候，
也一动不动，寂静无声。啊，飞翔飞翔，
石窟是我的星球，就这样自转沉沦，飘飘荡荡。

254. 禅修

你将禅修成了蝉，人修成了虫，虫子修成石头。
石头通灵托梦，梦在石碑上书写的字迹，
长成苍苔古木。你把沙漠修绿，春天羞红，
落花修成莲花，落地生根生河。

255. 石佛

黑黑的山，黑黑的墙，黑黑的屋顶，
黑黑的流云。江水从中间流过，绕过黑影；
白鹤在后面追，枯草从水面返青。
你看那些时光，暗淡发黑的人影，
全都向身旁碧绿的莲花靠近——

近处生出佛像，他们不嫁不娶，
不向世俗妥协，也不去历史中找寻典故姻亲，
他们是石头，是佛从岩壁上生出自己。

256. 笛声

我的笛声很绕，被沙漠风干，
卷曲的云渐渐舒展，道路修直铺平。

走我的路吧，只需一根长笛，一片诚心，
只需去琵琶声里，寻大珠小珠，它们滚落一地，
捡不完，拾不尽。不如去接续断了的琴弦，
或如江州司马，先找到一条江，再询问琵琶女。

257. 骄傲

我们太骄傲了不是么，谁让黑暗侵袭我们，
如春水涨满莲池，我们又能如何？
世人只知道拈花采莲，卿卿我我，
谁知莲花盛开处，蕴藏最大的悲哀，最深的寂寞。

258. 一动不动

我们不是人像是佛像，我们不是佛像，
是音符，我们自穹顶旋转坠落，
只为吟唱世人不曾唱过的颂歌——
我们唱诵时，你们听见寂静；
我们歌舞时，你们看见静默，
看见墙上的我们，一动不动。

259. 大旱之年

大旱之年，我在雨中耕作，到处是泥泞。

我的雨，从墙上飘落，伴随棕红的耕牛，
黑黑的人影。我头戴斗笠，手挥雨云。
耕牛时而潜入江中，时而走出岩壁。

大旱之年，你们在场上求雨，
我在壁上耕耘。碧绿的田野从夜里浮现，
田间到处是劳动的身影。

260. 收复

旌旗在墙上飘，号声如雨，
赤兔、乌龙，连同斑马一样的人影，
浩浩荡荡，从东墙进发，收复西域失地，
夕阳西下。你们将西域收入东墙，
夕阳收进黄昏，昏黄收进喇叭；
将战争收入和平，平和收进莲花。

261. 返回途中

返回途中，江水跟着你，把路都走弯了。
波浪会伸手摘花，并将花朵变成自己。
你会什么，在返回途中？
流汗流泪，背太阳背雨。

262. 隐秘

云还在石壁上运行开花，运筹帷幄。
我手里的枯枝，在这严冬的白雾里，
再生红橘；可你已静静坐在石窟里，
看眼前石壁上的漩涡旋转出无数个小我，
小小的自己，每一个都是你，
都是灵魂的镜子里酿出的隐秘。

263. 众星捧月

有如龙角龙须随时可能触碰海角天边，
你可任意选择偶然：偶然有一尊红菩萨，
红鼻子、红脸、赤红的肌肤好像都在冒烟，
他们缓缓从墙上走下来，把你围在中间，
他们吹吹打打，众星捧月——
他们捧起的不是你，是你的往生与童年。

264. 红菩萨

红菩萨收拢鼓乐，如深山平复风沙旷野，
他们回到墙上天边，回到你的梦里，
让你好有一个美好睡眠。你安睡，

荒沙就起金波，轻拍着你的小船。
你醒来，他们就在向你微笑，问你昨夜行了多远。
你说只有荒漠行者才有这样的旅途，这样的睡眠。
你说远方就在墙上，如荒漠就在你我之间。

265. 斜阳

你是从斜阳里看见我的，
可斜阳不是夕阳，是朝阳。
我是从另一个世界看着你的，
而另一个世界仍在远方——
她从江水里生出，如朝雾刚刚散开，
两岸岩壁就涌出霞光——
石佛红光满面，是朝阳或夕阳？

266. 光圈

你在我头顶画圈，圆圆的光环光圈，
是哪一朵莲花泛起的涟漪，在石上在水面；
是哪一个镜头后面的哪一只眼睛，看见世人
看不见的我，一如我很久以来凝望着你和你的思念？

火轮时轮在江面江底，转出瓷盘陶碗，
里面盛满寿桃、青团，供奉我的祖先，我的故园。

267. 大不韪

大不韪，才有大作为，墙上伎乐吹奏的，
不是郑卫之音，也不是师涓艳曲——
妲己已死；褒姒望见烽烟，花容失色。
而土中涌出的我们是一支庄严的乐队，
你走近就会发现，个个都是你的亲人，
弦弦出自高山流水。

268. 文字

文字写在壁画里已经看不出，
或成树枝，或成箭镞，或是一种孤独。
文字长在画中，如枝叶连着根茎；
与所有面孔，所有心情景物，相生相融。

269. 葡萄

山在旅途中长高，马在山间咆哮；
你们站在山门前，仰望悬崖之上
垂落的葡萄；不用摘，它自己往下掉。

270. 红领巾

你们牵着象，骑着驴在山间旅行，
两侧的绿松石层层叠叠，如识字卡片。
你们的旅途，原本是我童年的投影，
抑或你们从前的身影，映入今天，
随我寂寞前行，红红的披肩，
一如我从前戴过的红领巾。

271. 青铜

这群陌生人呀，我个个都认得，
你们这些朝圣者，都是曾经的我；
你们围绕的宝鼎曾燃烧过我的身体，
我的生命已化为青铜。

272. 心海无垠

你的慈眉善目源自千年苦行，
苦心生莲，莲生涟漪；如舜行不迷，
前有烈风雷电，后有父兄追击；
大禹治水，忍受杀父之痛，没有怨恨。
——你心海无垠，有慈航渡人。

273. 归正

你们扭曲的面孔渐渐归正，心态放平。
微风拨琴，菩萨念经，你可听见
来自荒漠的声音：有一种冰冷来自纯洁；
有一朵轻云来自深渊；有一种庄严来自苦难。

274. 黑白

有人躺下，留下一块黑，一块白——
黑的是死亡，是黑夜，是黑洞洞的一扇门，
进去的，没有人回来。黑的是宗教，
是想象，是幻觉，是原初，是未来。
我们听见白色世界，心中一片茫然，
一阵大雪，任凭坐夜的人们，把夜坐成花圈。

275. 未生怨

未生怨，先生烛光。我的蜡烛在白天点燃，
火焰都是黑色的。我的烛火在暗中放光，
你们视而不见，这正午的黑暗中，
每一丛墨黑都隐含一尊佛，一片光——
我的光只在黑暗里，你们看不见，却被点亮。

276. 没有躲

墙壁枯黄，野草枯黄，
惶惶不安的人啊，为何躲到墙上？

——我们没有躲，只是恍惚，
如船儿陷入黄昏，误入藕花深处。

277. 镂空

我侧身从土里飞出来，周身的泥土是多么沉重，
连同四季，四面山一样沉入漩涡——
水帘洞中有我，珊瑚里的山狐狸，随我一起爬坡；
土坡水坡都在梦中，都和我一同飞天飞舞婆娑。
你看，绿土白土，都因我们经过而被雕刻镂空。
土里空洞有人居住，那张黑沉沉的僵硬面孔，
是否也因为身旁的变迁而露出笑容？

278. 无量寿

一切都活着，小虫儿轻轻蠕动，稻粒米粒、
细小的尘土；它们动一动，天地也悄悄感动，
生出的无量寿，让一切都生变生佛。

佛只一个，这里是树，那里是果。
你只一个，宝塔尖尖上的那颗明珠；
零落成泥，泥土也是神器圣物，珠联璧合。
你合上古今两只虎符，如虎添翼，
如梦似真，本来无一物。

279. 听音乐

头有些偏，是听见音乐，还是被时光扭曲改变？
你端坐石窟中间，四面楚歌有些零乱。
歌队在石头里有些零散，
零零散散的歌曲、鼓乐，只因石头而凝固存在，
如含在冰里的鱼儿，张着嘴，轻吐沉默的色彩。

侧身转世，你就回到我们中间。

280. 壁上草原

经过千年劳顿，终于在墙上相聚；
墙壁返青，用青青草原迎接我们——
马匹还在嘶鸣，我们还在喘息，
壁上草原送来缕缕微风，让我们平心静气。

281. 进洞

你在进洞，一层层，从横向的天梯、穹庐，
深入暗中；沿途的波纹都留下翅膀的痕迹，
鲸鱼轻吐的泡沫；许多小人儿在半空击鼓；
隆隆鼓声，开辟寂静的道路……

我们在洞中等你很久了，指尖的落花，都形成了瀑布。

282. 大悲之后

墙后还有墙，大悲之后，隐藏着极乐。
你看那绿波廊上，鼓乐笙箫都带着弯曲的表情。
庄严的圣殿在云里雾里，比城池在围墙之中
更加壁垒森严，一如云朵莲花中
神态各异的表情，只蕴含一种欢喜宁静。

283. 法华经变

你们尽管变来变去的，我们不变，
我们这群红骆驼、青衣与白莲；
我们在静止中行进，井田开天，

在墙上耕种，云间采莲，在时光里自由自在。

——需菩提，只需一面墙，一片灵性的色彩。

284. 脱苦海

我们是镜子，是冰面，是墙上的玻璃，
天花板上的水面，与真实相映，琴声结缘。
——有如琴声跌宕，镜面反转，
我们之所以超现实，脱苦海，
只因真实的自我，已投入另一个世界。

285. 模糊

时光参与了创作，让我们模糊；
我们的不清楚，现出时光清晰的脚步——
混沌的面容，失却的面孔，蕴藏更深的时空。
时空有时在我们生命里留白留空，
空出的混沌，又被流光注满，荒沙埋没。

286. 雨中耕作

雨停了，我们还在雨中耕作。
这是什么雨呀，在晴空下；

这是什么晴空，在山洞里，烛光中——
这是什么烛光，溢出涟涟清波，将莲花养活。
这是什么人呀，耕耘这样的壁画，这样的诗歌。

287. 斑斑蜂蝶

时光像雪片一样扑打着画面，
扑打着我的山，我的家，我的庭院；
空中梅花，斑斑蜂蝶，
携着早春复活的灵魂，飞舞翩跹。

288. 听觉

浪头、噱头、苗头，像一只只削尖的耳朵，
伸出沧海云海，连接仙山琼楼——
我们下楼听风，许多仙乐从海上飘来，
像摘花一样摘下我们的耳朵。

289. 佛

佛啊，你化成千面还是一个，
历经千难万险，刀剑水火，还在壁上安坐。
我的心啊，因你而生出莲花万朵——

万朵莲花，飘在我心胸，分分秒秒，
时时处处，还是一朵。

290. 佛塔

你们敬拜的佛塔像一只海螺，原地自转，
把海转到我们身边。我们围拢的佛塔，
像一朵莲花，将你们收进莲叶——
我们围在它身边，就听见佛国妙音，
看见幽暗的心海，亮起一座灯塔。

291. 想念

你的影子投在地上，现出一棵菩提树。
他的影子映在山间，现出一只老虎。
我们原本来自森林，走进荒漠，
随身携带的，无非前世来生，心中最想念的——
老虎在林间嬉戏；菩提树下的人影，随花影摇动。

292. 笑声朗朗

我们笑声朗朗，你们听不见；
笑声在石窟里，胜似音乐在大厅中。
我们笑声朗朗，放射光明，

笑出的悲苦、极乐在海上相遇，
大海重归宁静。

293. 风伯雨师

你们在田里耕耘收获，我在天上播雨采风。
我的田地在天上旋转，生出的云朵形形色色，
无一不是耕耘的色彩，祝福的颜色。

294. 琴在马上

琴在马上，在身上——
谁说我们的骨骼不是琴弦，
谁说我们的草原不是沙漠，
谁说我们的旅途已停在墙上，
谁说墙上的青绿不是新梦新春。

295. 四季

山在说法，讲给四季听；
四季围在山前，如四个恭敬的孩子，
身着四种花衣；他们热爱色泽与花朵，
连云朵也跟着他们的衣裳飘荡、卷曲。

山仍坐在山中静静说法，
他的话语，如四季回音。

296. 停

停，你说，花开在眼前，雨悬在半空，
人停下脚步，时光一闪一闪的，
像只蝴蝶，没有着落……

你说，停，万物静止，唯有蝴蝶扑扇在梦中。

297. 话语

我们总在重复一句话，这句话千古流传。
我总在花间说话，墙缝低语，有时是蛐蛐，
有时如丝路花雨；丝丝云彩挂在海空，
缓缓飘移，与你的荒漠重叠会合。

我的声音，在空中散布金沙；
你看见金丝燕飞过沙漠，
就知道我想说的是什么。

298. 外道

外道不过是另外一条道，与我们隔着几重山，
山高路远，人们彼此看不到，
忽一日洪水来临，山在水中浮起一顶顶草帽，
人们这才彼此相望，相互祝福、祈祷。

299. 不对

不对不对，我闻到香味，那是昨晚
走进石窟的女子，她的生命本身如月牙泉，
一阵风似的来了又去，留下明月流水——
真水无香，可见她是个幻影！

300. 各族王子

各族王子，各怀心事，面带各种表情——
你的微笑被风吹走，他的忧郁被鸟衔去；
还是我最好，将你们的前尘往事，
喜怒哀乐，一并装进我的篮子里——
竹篮打水，一阵风掀翻了我们的内心。

301. 气泡

你们的脸庞像气泡一样浮上来，
露出婴儿的面孔，老人的心态。
彩光在泡泡里，如时空游移自转，
转出鲜花美酒，只灌醉身边微小的世界。

302. 有伤

我们的快乐里有伤，
如墙壁的阴影中，布满燕子的翅膀。
那些燕子飞过去就再也没回来；
我们在暗中的呼唤，只唤来莲花绽放。

303. 静默

至此我只剩下静默，我的眼神里
不再有悲苦，也不再有欢乐——
千手千钵托起又盛满的，无非是空，
空空的角声，回荡在山谷中。

304. 开门

你们没有看破的世界，被一只手画在墙上；
我的手挥去空中尘埃，在尘埃里开一扇门。
——瞧，黑色门框里，兄弟们
正翻身下马，铺开红毯相迎。

305. 童子嬉戏

你们像一张玻璃糖纸，贴在墙上。
笛声甜甜的，吹笛童子通体透明；
三个孩子围过来倾听——
一个击掌，两个在墙脚嬉戏。
日出东墙，壁画像一张玻璃糖纸，
飘下来，又映上去。

醉舟

目录

第一辑　醉舟

第二辑　文字炼金术

第三辑　灵光篇

第四辑　琉璃世界

第五辑　海棠花

第一辑

醉舟

醉舟

沿着沉沉江水返璞归真，
我已找回了逝去的河流。
红红绿绿的孩子还沉浸在水国烟村，
却不知自己已变成了石头。

我已跟石头学会了唱歌，
用各种语言和各种颜色。
四季星辰都跟着我一同旋转，
树叶也在风中轻声应和。

而我已运不出柏木与纤藤，
再也运不回盐巴和露酒。
我的船如今满载一座座空城，
让故园随我一同漂流。

我知道城中的一砖一瓦
都隐含幽深的往事，池中游鱼，
也和我一样想家。当家园沉落，
我们便一同上天入地——

而云梦之乡有时就藏在自身，

我从血脉之中找到泱泱大河。
顺着巫山云雨一路前行，
城市就像鸟儿一样栖落船头。

头顶青天，我纵身堕入九泉，
三只蝴蝶，如阳春三月。
蝴蝶原本是墓中光源，
扇动微光微风，赶来与我赴约。

前世今生，都在我的船头迅速长草，
青丝白发，在镜子里互相缠绕。
波浪的铜镜破了又碎，前朝往事
却一日比一日更为清晰。

至此，我身披晨风夕月，朝云暮雨，
比雷电更快，比瀑布更神奇。
一百年来，我分不清南北东西，
直上直下，非天即地。

而挺立的瀑布，有时也躺在森林，
告诉我悬崖绝壁，也是飞天的路径。
当我抬头回望，果然在断崖间，
看见我们一同破碎的痕迹。

越过荒漠丛林与古老的运河，
我看见海市蜃楼重现荒漠。
王朝灯火，比春色更辉煌壮美，
可夜来风雨，怎落得花谢花飞！

王朝更迭，波浪连绵重叠，
直到天地落雪，大地白茫茫一片。
我停在雪山下，鱼从雪游来，告诉我
巫山神女，已随移民一同离开家园。

空山空寂，荒无人烟，
就连神鱼今夜，也前来与我告别。
还剩下什么？喧嚣、幻象，
云烟袅袅，装饰着沉寂的雪地冰天。

而我已挣脱孤峰绝岭，古墓青灯，
又跟随解冻的春水浮冰，坠落深渊。
荒野贝壳，从枯草中发出惊叹，
惊蛰的小虫儿也在土中欢呼雀跃。

连同我满身的野草、青苔，
都在看不见的海水里，幸福摇曳。
曾经的海，将来必定是海，
如千金一笑，远方就出现烽火台。

干枯的老树，都从海底翘起新枝，
等待着一只船，一个曾在树下乘凉的孩子。
他的鹅毛扇还在轻轻扇动；
我的帆，渐渐注满远古的海风。

而海水今夜涌向了楼兰古国，
沙漠中的国王，对我有话要说。
我的罗盘刚指向生死交点，
国王话语，便溢出粼粼光波——

“世人都怕时间，时间怕我。
只因沙漠斜阳，曾将泉边美人映照染红。
若不是心怀思念，又倍感孤独，
她头顶的水罐，何以至今抱在我怀中！

“沙漠于是有了海，无论过去未来，
而即便海浪干枯，鱼群都变成了化石，
我抱紧的水罐，依旧泉水丰盈——
你看，那群白鸽远远飞来，饮梦止渴。”

荒沙月色，前方依旧是雪山旧梦。
有如风筝飞上青天，我牵着雪线，
坠落深山河谷；才发现

我的高处更高处，应是地下九泉。

九龙捧圣，却为何只捧着一座座孤坟？
让我分身散体，在坟前插满柳枝。
断柳枯枝，应在来年扬起新梦新春，
粉身碎骨，让我变得完好无损。

有如青鸟穿越土层云层；
我在心底刻满木纹波纹。
更新的水域，开始从心底涌现，
如过冬的蟋蟀，跳进深山竹林。

素琴幽幽，分不清是蟋蟀弹琴，
或是枕边飞满萤火虫；安慰着
不安的孩子，让他们安心入梦；
梦里归帆，覆盖了碧海苍穹。

你们在异国他乡已待够了年头；
让我背你们回来，如母亲把你们背回小时候。
你们爬上我的松木，我就站在你们心中。
你们痛失家园，我就是海上故国。

“故国神游，多情应笑我”，笑看一叶醉舟，
认不得自己，却认出前朝旧梦。

有如倒影与城池融为一体，我望见地下亲人，
便与他们互换生死，并重生复活。

活在战火里，你就是水；
活在冰水中，你就是火。
而眼前的天火将我燃成一片枯叶，
我却因火光的颜色而将枫叶赠予河流。

不慎在水上燃烧，我已无力体会光荣。
就连孤独也化身狐狸，狡猾地望着我。
而我只能燃烧，只愿燃烧，
让灵魂入火，如金蝉脱壳。

我的汽笛终将是来世的悠悠蝉鸣，
在清凉的夏夜，点亮过往的云朵。
云深不知处；我的浅吟低唱，
只带来梦里青山，血中长河。

东城水岸

树倒山荒，就连故园，
看起来也那么凄凉。
人去楼空，就连回家
也找不到昔日的院墙。

幸亏还有东城水岸，
将故园安全转移；
幸亏还有一只贝壳，
收拢昔日的海洋——

静夜，枇杷树在海底
暗暗生长，邀请孩子的手
前来摘取熟透的月亮。

幸亏还有记忆，让童年长存，
让玻璃缸里的金鱼，游向远方。

致贝壳兄

你孕育的珍珠含在心里，
如夜空含着明月，沉默沉在水底；
流经的水，因此清澈透明。

那个套娃也向你学习，
将童年与所有年龄，合为一体；
爱上你的人，因此永远年轻。

而你的忧伤感动了大地——
九泉叮咚；地下亲人读着你的书信。
黑夜不再有了，只因灵魂
听见你的心声，如昔日的手风琴。

致贝壳夫人

车轮沙沙，你还在回家路上，
从今日回到往昔，从鼓楼，
来到大钟亭的梧桐树下……
所到之处，荒凉岁月，
都变成彩色的。

那一夜，长发飞扬，夜色芬芳，
爱与美，吞噬了人间丑恶。
那一夜，车轮转动，
喊着沙沙的名字……

你和微风一同改变着世界，
如柳色烟雨，浸透江南。

看不见的庙宇

忽然消失的你，忽然出现在每一片风景里：
在人群里醉酒欢歌，在黑夜踽踽独行，
归途中默然无语。到处听见你的笑，
看见你的身影；黑衣在白天，如夜晚挥之不去。

你是一座看不见的庙宇，朋友因你而信，
因你而聚；因你充实，因你空虚。
而你总是一闪一闪的，用欢笑流泪，
用泪水换来一场又一场春雨。

北京地铁

你在地铁里穿行，瞬间回到过去——
闭上眼睛，身边就是大草原；
睁开眼睛，人群川流不息。
你的心思随风飘荡，
如草原之夜，忧伤的手风琴。

昼夜在琴声里伸缩，你在异乡
折叠自己，像叠一把椅子。
琴声在地铁里回荡，
你静坐在黑暗里，安静得像一滴泪。

你的怀疑

你的怀疑，
好像井底闪电；
电光一闪，
其实在天边，
那口井，默默吞咽。

龙在井底受伤；
你在人间绝望；
望见的断垣残壁，
都隐隐发光。

就连你的怀疑
也时时歌唱，
唱碎石头的沉默——
那些落入深山的雨，
照进深渊的光。

你经过的地方

你经过的地方，
草原相聚，孩子相聚，岁月相聚。
他们聚在一起，不言不语；
宛如流浪的生灵，
默默建造一座城池——

远方的城，心中故里，
忽明忽暗，忽远忽近。
你把远近城池，带回一座庭院。

庭院深深，飘落的花瓣，
都静静飞升。

你说来，我说去

你说来，我说去。
你说这里，我说那里。

你们相遇，墙就成了镜子，
一条瀑布，一片森林；
如展开旌旗，指引未来的道路——

来就是去，这里即那里。
家就是海，映在梳妆台前，
早晨的镜子里。

赠释仁加

跟你说话，四周都安静下来，
为你写作，文字都飞到窗外。
你隐去的世界，从来包围着我们，
你失去的一切，已赠予人间——

赠予你我，赠予看不见、
只能用心感受的世界；
赠予无人知晓的祝福——
它让树上的露珠在风中唱歌，
让孩童与美好，如清泉涌进涌出。

释仁加，你什么也不解释，
却让人与仁，心与心，
如层层宝塔，在水中增加。

北方的雪

北方的雪，落入杯中，
巨大的水晶杯，容得下雪山雪国。

你从静夜出发，去往黎明花园，
那片血色圣地。
行至无人处，
将心火化为一种声音——

声声呼唤，却无声无息，
只在水晶杯里，
呼唤前生来世，知音知己。

终于，血化在雪的故乡，
梦醒在梦的边缘——
只差一步，从梦里惊醒。

叶子静下来

叶子静下来，城市沙沙摇动——
为了很久以来，叶子在森林里的孤单。
城市第一次出门，发现自己那么弱小，
如寒夜孤灯——

城市在找一个人，你在找一个真，
相遇时，杯碰碎，心第一次立稳。

*

叶子摇出脉络，春天在内心艰难爬行，
你立在一个陌生的城池，
如海上蜻蜓。

美，在你是绝望，是苦涩；
是无边无际的海水淹没城市的时候，
带来的那片寂静。

我在水里

我在水里学习记忆，
我在水里寻找我的鱼。

水调试我，像调一张琴，
我的弦在水里，
发出冰的声音，融化，凝聚，
最终呈现的不是我，是鱼。

鱼也是水，水也是鱼。
我不是冰，也不是水，
在水里找来找去——
我就是自己要找的那条鱼。

午后

午后，船像一只蝌蚪。
夜还没有来，船已满舱夜色。
有美人从街上走过，众人回头；
你走过去，一阵风——
回头的是船，是明年出生的蝌蚪。

午后，人生也要回头，
回望青春春色，澹澹寒波。
桃李不言，你至今漂泊，
如船在江上，蝌蚪在水底，
人在人流，破釜沉舟，不回头。

致黄金兄

抬头看你，方向转移，
从白天转向夜色，
从黄金转向白银。
银白的春光；梨花盛开时，
千树万树，只等冬季来临。

真正的冬天，在你金光灿烂，
无限色彩，在你只是黄金白银——
金也银，银也金，
金光灿烂的不是色彩，是你元初的生命。

你活在你的童贞童年，
带领我们认识未知和早已知道的事情。

十三岁

十三岁，他开始与人决斗，披着夜幕、黎明，
黑红两件斗篷。十三岁，连他自己也不清楚，
孤军奋战，究竟为了什么。火攻水攻，
终于被梦中巨流淹没——

他就躺在城里，血泊中，才发现那是青春的热血；
而敌人与敌人的敌人，无非前世梦魇，心底寂寞。
十三岁，你的血从此凝固，如瀑布冰封，
立地成河，等待金属阳光，一剑封喉。

海底清晨

夜，像一张糖纸卷起来，甜丝丝的海水，淹没了城市。
混沌初开，人群走在海底，我不是一个古生物是什么？

时光从贝壳里溢出。一个巨大的目光，
自上而下，自下而上，涌出幸福的泪滴。

夏至

夏至像一张凉席，缓缓铺开，有雨滴落在上面。
我的旅途，从过去展开，车窗如昔日的窗台。
风景在车厢里，我在窗外，最长的白天，
如漫天落雪，染白夏夜——

夜色开屏，飞逝的孔雀，
五里一徘徊。我在静夜静思，
思念如童年的钟声，让人失眠——

最长的白天，最短的夏夜，织成一张凉席，
在静夜旅途中，缓缓铺开。

城楼倾斜

城楼倾斜，只因从江上归来；
波浪涌进街道，水涨船高——
我的船悄悄归来，像一片树叶。

叶子在城中卷曲，
将灯红酒绿，卷成一支叶子烟，
隔空呼吸着江上夜雾，
轻吐心底烟云。

跳脱

——致旦巴·亚尔杰

羊跳过草原，走进天湖，
云从湖底托起什么?
你跳过民族，走进阳光，
太阳在天边赐予什么?

你不要走，要跳，
跳过光缆，跳过围栏，
跳脱世俗罗网，
跳进下一个——

下一个，不是来世，
是今生，从远方回来找你，
如母亲抱起自己走失的孩子。

源氏物语

许多人聚在一夜，许多夜聚在一天，
许多天聚在一时，许多时间只是瞬间。
瞬间聚在一座小屋，一艘在夜里白天，
江上海面，永不沉没的船——
源氏物语从海底浮现，
如源泉涌出荒漠，细雨降自云端。

许多人聚在一处，许多花开在一季，
许多年聚在一夜。夜里涌出的源泉，
只为多年前尚未落下的雨，
悬在头顶的星夜。

希腊恋歌

（1）

山坡上的橄榄树一直摇曳，
海上的波浪，一直闪动。
我的心，一直在静静等你，
只有你的归帆，能合上我的窗帘。

我的窗，只向着大海敞开，
开向生死，开在我们之间。
你乘的船，还在海上漂泊，
我住的小屋，孤零零飘在人间。

（2）

灯塔在夜间闪烁，
我在夜里诉说。
当你看见深夜的海，
就听见我的歌。

浪总是平静，总是不平。
我总是歌唱，总是沉默。
在这茫茫人世间，

远方何时变得近切，
你何时心中有我？

你不用说，不必说，
只需记得，那深夜归帆，
曾看见孤灯闪烁——

我心不灭，如海底月色，
任斗转星移，潮涨潮落。

（3）

有一只手在浪上弹琴，
爱琴海的琴声，
我在海边，爱上远方的人。

远方的人，在浪上颠簸，
我时时听见他心中的歌。
他不能唱出，如我心中的沉默，
如海鸟在浪上徘徊，
穿透千年不变的晨光暮色。

（4）

海水洗去了石头的颜色，
回归人世间——

这世界，还有什么不变？
生生死死，无常爱恋。

我们在水中风中时光中，
改变了世代，改变了容颜，
只是海水收藏的天光，
宙斯童年的模样，
常留在草地上，白牛身旁——

欧罗巴今日，还没有受到惊吓，
还在草地上嬉戏、歌唱。

塞壬之歌

“任何人坐着黑色船经过这里，
都要听听我们口唱的美好歌曲。”
——塞壬的歌
《奥德修纪》卷十二

（1）致艳

有时候，艳阳高照深谷；
有时候，孤寂藏在人群中。
你大声说话时，我们听见一片寂静；
你静默无语时，
只有蟋蟀，传来阵阵歌声。

歌声轻吟，穿过秋天的草丛；
野草青青，返回夏季，
返回一个古老而陌生的世界——

那里的季节像人群一样歌唱，
如你的歌声无声无息，拨动心弦。

（2）致蓁

草，生于秦岭，叫蓁；

船，行在树上，叫横。
云横秦岭家何在？
你默默沉沦，默默上升——

上上下下，在你是同一个方向；
归去来兮，在你是同一片海洋；
海里的鱼，衔着苦涩，
唱出蓝色波光。

（3）致艳兵

城外有一个人住在城里，
城里有一个人住在城外。
城里城外的风
围着一棵树；
城外城里的人
围着一个梦。

梦里的城堡住着一个人，
那人孤身枯坐，
梦见老树发芽，祝福新梦新春。

（4）致壹香

一炷香，在喧闹的人群里
静静燃烧，

“焦首朝朝还暮暮”，
朝朝暮暮，只有孤独，
只有忙碌——

你忙忙碌碌，像一缕烟，
在人群里飘散；
烟中一双眼睛，含着泪，
含着梦，什么也不说——

不说就是胜利，
沉默是一条流向内心的河。

（5）致翔宇

一只羊，收拢前世的翅膀，
就来到草坡上；
青草发生的时候，
羊有些忧伤，
思念着前世的羽毛——
翔。

翔宇只是梦想？当宇宙
将广阔天地收拢于心，
只剩一个缘由，
一种歌唱——

不必找寻，
是你本身发出声音。
不必流泪，
你的笑声在山坡上长草，
在孤独的羊群背上
发光。

（6）致念娜

念娜念哪念那一串念珠，
那串念珠已成珍珠，
藏进海蚌柔软的心里；
那串珍珠已成光珠，
滴落雨伞之上，
在世人与天空隔绝的舞台上
跳舞。

念娜念哪念那一串念珠，
念珠在今夜开花结果；
花开在黑暗里，
果实珍藏心底欢乐。

（7）致倩

一阵风，吹动三春青树，

九秋枫叶，它们纷纷伸展腿脚，
许多绿色的脚，
在云中行走；许多幸福的云，
拥抱故土——

故土为你发芽，故乡为你祝福，
为你默默行走，踏着云中绿叶，水中贝壳。

贝壳笑道：青草返青，在海底，是我，
在人间，是你的孤独。

（8）致雨

雨总是落在别处，
你总是望着迷雾。
雾中的人影日益清晰，
你却不敢回头，怕看清
身后的孤独——

孤独甩着尾巴，
像狐狸为你祝福。
你住在阳光里，
那阵光飘飘忽忽——

回也回不去，走也走不出，

你就站在窗口微笑，
让雨滴感到幸福。

（9）致靖嘉

一条清溪，终于不安地
往上涌，往上流——
既然云中藏着前世情缘，
只有涌成一棵树，
一棵橘树——

既然不能开花就结果；
既然无须结果就结冰，
冰也融化，只有溪流……

溪流还是溪流，柔软寂寞；
寂寞还是寂寞，如水中橘树。

（10）致剑

宝剑已在战斗中，
见了落叶，见了落花，见了英雄，
“一代凋谢，一代出生”……

宝剑已呼吸到远方的寒气，
近处春心，心中的风——

风软化剑，你坚硬了心。

以心为剑，藏进匣中，
待一江春水，
将你亮出，将你涌出。

（11）致小溪

小溪含着泪，含着梦，
一边笑，一边哭。
欢笑藏着沉默，
哭泣含着水墨，
在大地深处，描绘
一双明眸，一树花朵。

花是白色的，有白雪白浪，
白梦白蛇，珍藏其中。
你不说话的时候，话已将你说出；
你不做梦的时候，已然是梦。

（12）致塞壬

塞壬塞壬，今夜悄悄游来——
美人鱼化成泡沫，在空中吟唱；
落花流水，溢出芳香。

塞壬塞壬，今夜唤来海洋。
乘着海上寂静，众心相聚，
坐在黑色船上……

这里隐藏着致命诱惑，
想要离开，却又彷徨；
心碎之声，如野花绽放。

醉酒当歌；今夜清歌，
随热土翻滚，热泪流淌；
无使龙也吠，无使黑夜凄凉。

2012年5月18日

毕业晚会上

天光映在校园里

天光映在校园里，
看起来都是熟悉的背影。
我们回来，背影回去，
彼此见证的，不仅是岁月——
伸手就将你拉回来，
岁月中的我们，浮出水面。
只要我们相聚，彼此都还是从前的样子。
——从前爬上窗台，
看见我们还在读书，还在恋爱。

静女其姝

今晚，让我去把那一群人找回来，
去天安门，他们正在跳集体舞，
年轻的身影在红墙上晃动，阻拦岁月与列车。
今晚，我就把他们找回来，
请他们来生活中演出——

而这些年，我们何曾离开过舞台，
何曾与他们分离片刻，只是广场徐徐上升，
如花环升空；天女散花，
落下的只是他们，我们青春的身影。

“静女其姝，俟我于城隅。”
我这就回来，与你们相聚相拥。

一碰就碎

一回身就碰见你的影子，一碰就心碎。
我们掩饰的泪水，只有雨天才坠落，
只有相聚才流成河。河水青碧如玉，
两岸飘荡着我们的身影，月白风清的歌。

北京，今晚大风

北京，今晚大风，
我听出，这是朋友的祝福，
可他们都走了，
只剩下我和酒。

我和酒在风中流浪，
一路望着地上的月光——
朋友们从地面站起，
我知道，那都是过去的影子。

影子曾经流血，
最终是万道霞光。
我在深夜拾捡，如拾麦穗的饥民，
拾梦拾荒。

你不在，北京的夜色太荒凉；
我在，北京的寒风也温暖，
夜色也生光——
因为有你的影子；
因为我深知，你也在异乡流浪。

天安门像一块红冰，
依旧纯净、静默，
在寒夜风中，温暖四方。

我的酒醒了

我的酒醒了，在彗星经过时；
光的扫帚，已扫清青天宿尘。
万物睁开眼睛望着我，
我这才发现自己只是一颗星，
一个孤单的灵魂。

桌上的苹果回到枝头，
木桌回归森林，
我只有重新出发，
跟随远去的彗星，
踏上不归的旅程。

墙壁映现的岩画提醒我：
我们在此已等候多年。

母亲

天不亮，我看见您从窗前经过，轻轻唤我起身，
妈妈，我知道您还没有走远，正走在半路，
您一路上金光四射，遍地甘露，让我在黑夜里看见，
我不得不轻轻起身，来到安静的梦中庭院，
为您献上一首诗，母亲——

是悼念母亲，还是献给母亲？
近旁的流水呵呵笑着：不是一样的么？
瞧，母亲还在，正穿着紫红的新衣服从窗前经过，
身边经过，唤我轻轻起身，走进我从未到达
却万分熟悉的时空——

一出门就走进童年，大钟亭里的铜钟
摇摇晃晃，像您最喜欢的歌“铃儿响叮咚”。
而此时的铃儿，震响一片月光，月光破碎了，
在地面聚成流水，完整的河流，
从童年的窗口经过——

风推开纱窗，就看见三个孩子；知了鸣响夏天，
就看见白杨、梧桐。牵牛花开掩竹篱；
您用微笑和血液里的恩慈，掩映我们——

窗外凄风苦雨，愁云惨雾，
仅仅只隔一层纱窗，一片竹篱，
一双手臂，我们的世界便温暖如春，风和日丽。
童年，我们在钟声、蛙鸣中长大，
从春蚕了解春天，从知了了解夏天；
而您用温柔的肩膀，扛起窗外的秋冬——

冬天一下就过去，只要您从远方归来，
从溧阳行军回来，从课堂下课回来，
从天上回来，从海上回来，
从梧桐树下回来，白杨树下回来，
如同今夜，您从松树下回来，白鹤的翅膀下回来，
当白鹤的翅膀与您的影子重叠，
我这才了解什么是生命之上，生死之间。

母亲，您从前教我们做人，淡泊名利，堂堂正正，
今夜，您教我们飞升转世——
只要在静夜用心仰望，月亮就会给孩子盖上被子；
只要彼此关怀相亲，处处都现出故人的影子——
您和父亲正携手经过我们，经过今夜，
一如我们将携手经过日后的漫漫长夜……

可是母亲，一向真切、实在的母亲，

为何今夜带给我的，只有重重幻觉——
因为您不在了，不在人间，不再在我们身边。
没有您的家不是家，没有您的夜只是夜，
没有您的春节，日后也不再是春节，
春天也不再是春天……

可是您刚走，还没有走远，就从夜风中经过，
在血液里轻歌，如我第一次发现
院子里的水声其实是诵经声，
其实就是您的声音，母亲，
您化了，本来是大地，就化归泥土，
让我们长在您身上；本来是春天，
就化归春雨，让我们得滋润——

我们的童年此刻像树一样围拢过来，
像草地一样展开，像草地上的孩子与蝴蝶，
翩翩起舞时也不忘指给我们看：
瞧，妈妈回来了，快回家去吧！

我们于是回家，回到往日的春节，
穿上您亲手缝制的新衣，围在您身边；
我们于是回来，再度回到您的病床前，
您的孤单里，您的思念中——

此刻，您的思念就像童年时的庭院，
我们正在院子里游玩，黄墙蓝瓦的房子，
仿佛具体而微的大地海天——
蓝盈盈的碧瓦，蓝滢滢的海浪在头顶波动，
我们是鱼儿游在下面，游在泥土里，
陪伴在您身边，陪伴在您的生里死里，
吮吸着生死间的快乐与悲哀——

我们就是鱼儿，默默游在泥土里、人群中，
海天大地因此相汇相融，融在平凡的岁月里，
过去就渗入未来；融在亲人之间，
生死间的亲友故人即刻团圆！

“未知生，焉知死”；不必转世，
我们已经历了生死轮回——
“死别已吞声，生别常恻恻”；
而您还没有走远，一侧身就回来，
一眨眼就回来，一入土就化为清泉……

妈妈您看，您躺下的草地，草长莺飞，
芳草碧绿；您侧卧的姿势还有些难受么？
而这一次，再一翻身已不是病床，
而是大片湖水；湖畔垂柳，守在您的身旁，
一如您和父亲，一生相爱相守，

一如我们必永世相亲，一如湖水清澈宁静……

可是妈妈您看，湖对面的神道上，
石人石马开始奔跑，高举鲜花，夹道欢迎您的到来。
妈妈您看，杨柳依依，正抚去我们满脸泪水，
将满心悲伤，化成远近湖泊，
山涧流水，它们汇成今夜的海，
您刚离去时，人间的苦涩与悲哀——
它们曾瞬间到来，将我们淹没，
又被您从天边伸出光芒的手指轻轻拨开。

母亲，天地为证，您离去之时，
2013年6月30日下午两点，
上海梅雨季节的阴空雨云顷刻散开；
天开了，梅雨化成光雨，整个上海来到海上；
而光雨中看不见的梅花纷纷飘坠，
此刻今夜，凌晨昨天，瞬间落在我身边，
我不敢拾捡，不去拾捡，怕手指触地，
梅花就消失了，怕大地又变成冰冷的泥土，
如您身体冰凉。我不敢也不必拾捡——

因为就像小时候，您的黑包里有的是糖果，
我知道，您离去之后，随时会从天上洒下光，洒下爱，
撒下梅花、桃花、梨花和落雪，白雪皑皑，

降临在无人知晓的凌晨黑夜，夜已变得洁白……

“谁言寸草心，报得三春晖。”慈母恩深，
在童年，在过去，在现在，在未来——
未来已流在血液里，只要用心思念，您就在；
过去已然升天，只要抬头仰望，您就回来。

可此时此刻，您就躺在我们身边，
我们却唤不醒您，也不知您是否听见——
世上苦无救母药，灵前哭煞断肠人。
水流东海不回头，日落西山还见面。
我们今日一别，时时处处相见，
生生世世相见，母亲，您的孩子永在您身边。

第二辑

文字炼金术

题记——

有时候，一个字就是一个人，一个人也是一个字。

有时候，你会因为一个人，理解一个字；

因为一个字，爱上一个人。

1. 静

你来了，墙就裂了。我们关在屋里的人，就看见远方的风，
吹过寂静沙滩。沙滩上的人影，孤孤单单，只被海水包围。
而今夜，海围着我们，我们围着你。

2. 雨

静静的雨，落在时光里；时光就落入空间里；
从北方落入南方，从雪变成雨。静静的雨，在心里，
都是春天的种子，在泥土里，发出美好的声音。
喧嚣的人群依旧举杯，却不知因何心生宁静，
如茫茫荒漠，飘过烟雨。

3. 琴

你绝对静，我绝对醒，绝对如你，用沉默拨动草上的雨，
雨中的琴。我绝对如你的笑，在笑中沉默无语；
只为太阳落山时，每一朵抬头的向日葵。

4. 岛

我会远去，流落孤岛，只因你而眷顾人间。你是人间另一座孤岛，

是否因海，少一份孤单；是否因我，多一份祝愿？
元初的心，纯净自然，如海鸟飞过的地方，天清地静，海水湛蓝。

5. 镜

我将以沉默，献上我的诗歌，如同你将春天，融化在空气中；
所到之处，惊飞的野鸟中，有我。我将飞去又回归，
归于镜中波澜。你坐在船上，我让风平浪静；
我醉入迷梦，你让我清醒。人间喧嚣，你先静下来；
你闪电之时，世人却闭上眼睛。

6. 冰

冬天破碎，河里的鱼，只剩下两只眼睛。看见的树，全部倒立；
看见的人，瑟缩不已，看不见的水，都冷凝成冰。
你是水的答案，冬天的结局，让奔腾的全部止息，深邃的全都漂浮，
喧嚣的全都沉寂——它们从未见过你，却聚在你里面，
如万花筒中的碎冰，只等你轻轻一转。

7. 渊

你把年复一年的冬天藏进深渊——狱中花开，被你一一封存染白，
挂在深渊的入口，让人进退两难。深渊是你的家，
你把它变成一个绝望世界，将一切姹紫嫣红，深深掩埋。

野花在海底盛开，野猫在墓园徘徊。冰层下的光，如何拯救世界？

8. 树

树从山坡上走下来，四下观望：树在找树，寻找自己的根源。
橘树结果，受命不迁，立于野草飘摇的江岸。
梨树开花，呼风唤雨，改变人类的心情与季节。
而忽如一夜春风来，你只是寻找，只是离开，
走进一片片树丛，找遍森林旷野。树还在旅行，你还找寻，
直到有一天确信：菩提本无树，我本非树木之名，
是“树立”之树，立于动静之间。

9. 涩

空气有点儿涩，雪还没有化开；雪下珍藏的海水，渐渐涌上来。

鱼在土里游，一个又一个泡泡，只在草根，只在河床，只在卵石蕴藏的花纹里

破灭——不灭不生，不生不灭。你伸出的手，草一样摇曳；
青草含羞，你默默吞咽的海水，已化为蓝色的夜。

10. 城

西班牙城堡，坚实、虚幻；蓝色大理石，坚硬、温暖，时常风云变幻。

幻梦在你，真实真切；你真真切切地造梦，将过往云朵
作为坚实的花岗岩，筑就城堡，你的真实世界。

11. 帘

拉上窗帘，点一盏灯；再拉一层窗帘，再点一盏灯。
你就这样显，这样隐；这样沉默，这样歌吟。
你的歌，在雪中徘徊，如雕塑家将心思隐于大理石的洁白。
你在窗帘之后静静作画，不觉屋顶黑瓦，已白雪皑皑。

12. 坚

冬天的树，伸出坚硬的枝，在青灰的空气里，冰冷的城墙上生根，
寻找一片天。铅灰色的天空，被风洗得灰蓝——
什么声音藏在空气里面？是一声鸽哨，从枯枝里牵出缕缕青碧，
丝丝温暖；树之坚硬，缘于心底柔软的春天。

13. 竹

你的手高高举起；一根青竹拔地而起，穿透云层；
一只船偶尔经过，当它是一根篙杆。你撑着山坡在天上游历，
细看云中流水；水底的金竹寺[①]，钟声悠远。

---

① *金竹寺：传说中水底的寺庙，有人取金竹归来。*

14. 悦

“悦”在奏乐，用心，兑现另一重空间——那座山听见笛声，就放出飞天；

那个人仰望飞天，决定弃绝红尘。他们在洞中打坐，在壁画间来去无踪。

而你已悄悄返回，回到红尘世界——“士为知己者死，女为悦己者容。”

15. 侧

横看成岭，你侧看世界：山上冰雪，渐渐消融；
溪流涌进竹林；而更高的雪山，藏进你的内心——
横看成岭；心中的雪山，侧身看你。两个知心朋友，相视无言。

16. 盼

两只眼睛分开，分成一条鱼，两片海。
你从海底仰望，如温软的岩石，
思念着经过的船；船头旌旗，船上青瓷……
两只眼睛合拢，海就成了陆地，出水的岩石，带回古人。
古人静坐竹林，林中光雨，淋湿我们。

17. 亮

那盏灯，白天亮，晚上熄；熄灯不是熄灭，是休息；

休息也不休息，一个人在给树木浇水。

那棵树，白天挂满看不见的灯；那些甜美的果实，含着曾经的每一滴雨；

那些雨，从前亮着就一直亮着；那个种树人，已在雨里消失。

18. 缘

缘木求鱼；你顺着石阶，走上高高的石梯。

水泥楼变成了水和泥；你站在楼顶看风景——

鱼在楼群间游动，穿山越岭。楼群在你的思想里，软软的，如风吹树林。

直到多年之后，城市枯萎，人们终于认出你和画中那朵久违的向日葵。

19. 崔

崔，在北方，是一座雪山。山，在山里，是一种哀伤。

伤痛在你，已经愈合；合上的岁月，只是遗忘；力图遗忘的，只是以往——

那些红与黑，只有岁月的忧伤。你走在前面，孩子们跟随你，只见春光；

光，是落日，冉冉升起，只在无人知晓的地方。你催人上路，只去陌生的远方。

20. 伞

两滴雨，早年就藏在伞下，在雨中沉寂，在光中发芽；
你撑开合拢不一样的花瓣——
撑开时，许多季节，铺成不同的路径，在天地间；
合拢时，只是一，一个人，一把伞。

21. 妥

一只手，从天上伸下来，摘一个女孩；女孩是椭圆形的，红红的，
她曾经在大树上随风汲取天的颜色，雨的样子和风的姿势，
然后就溜走了，落在不知什么地方，影捉不着，风捕不到——
她向世界妥协的时候，已变成一枚红枣。

22. 川

川，有时带着湾，弯弯曲曲，藏进年轻的心愿——
有一种激情，冰冷的，藏进冰川；有一条江，炽热的，注入夏天。
夏日藏进一个冬天；冬季有热的雪；
雪化在日常生活里，好像什么也没发生，却改变了一切。

23. 宋

宋代的花与蝶，寻找着自己的庭院，最终选择了一颗心。
心随花，花随蝶，飞到很远，醒来静观之时，正在童年。

24. 玺

玉藏进山里，命中，你站在人群里，风中。
舞出的世界，如安静的水，平了一切山。
你安安静静的，像一座雪山。雪落在山下，山映在心间。
那颗心，在风中摇曳，今夜找到了家；
那个家找到了你，如雪山与碧玉团圆。

25. 敬

我不要非常要平常，不要非礼要敬礼，
向土墙黑瓦，青草废墟，墟中有我有你。
墟中人藏在野草丛中，乱石堆里，
有时是太阳花，有时是雏菊，此刻是一阵风吹进心底。

26. 屏

雪的屏障，挡住了许多天，你隔空往外看，帘外的自己，相隔不远。

太多的雪，在南方融化，太多的阳光，在北方凝聚。
许多残忍的事，在你只是身后落叶，窗上雨滴。

但终于，你怀疑的世界逐步相信你，将你身上的伤，心中的雪，
一点一滴化开，可你还是不信，不信今晚，会有孔雀开屏。

27. 楚

楚楚动人的荷花在雨中从来不哭，
因为天上的每一滴雨都解释了上天的孤独。
你独独是一滴雨，回到楚国，四面楚歌，都在为你祝福！

28. 颤

出生前，你的父亲南征北战，解放了你的根。
你生来就幸福得诚惶诚恐。
除了诗，说不清心意；除了花枝乱颤，道不明春风。

你的沉默，你的艰难，让海浪跌倒，大地温暖，
世人只匆匆而过，却不知因何，乍暖还寒。

29. 铎

声音响在山谷里，总那么静——
牛在爬坡，牛铎在树林间开路，
你开出的路上挂满果实一样的音符，
就像你总是将心声放逐在深山幽谷。

30. 着

有一个夜，站起来，亮亮的；她在白天躺下，从来没睡着；
睡着，不着，却点着心中水域——那条河边，
常有一个孤单的身影，醒着的时候，也被水里的光灌醉。

31. 醉

那些酒杯，远隔千山万水，轻轻一碰，海就破碎。
海水从杯中溢出，满城黑夜，绽放星辉——
夜，滚落一地。我们从世界各地，拾起同一块陨石。
陨石落泪，一如今夜，从高空坠落的心。

32. 醒

醒里晃动的酒，晃着晃着就停下来；风平浪静，海底深蓝。

浪上的船，已然搁浅；青草爬上桅杆。孤星闪烁；钟摆停了一千年。

钟声远去；空瓶盛满星夜，漂到很远。蛋壳碎裂；冰冷的海水，冲上沙滩。

33. 梦

梦在多年前，是黑暗中的烛火，被点亮的人，只是沉醉，

并在黑夜里，轻轻晃动。梦在黑暗里点亮的心，曾悄悄出发，走向更深的梦境。

而你浑然不知，不知那个诗人胸怀云中雨，梦里心。

而你浑然不知，你们所到之处，有人默默跟随——

有如萤火虫飞进暗夜，你们飞进人群。当暗夜变成暗红的黎明，

人们已然忘了心底之火，曾经默默奋飞，扑向生死梦境——

只因多年前见过砸碎黑暗的诗人的手，梦见诗人为之奋斗的心。

34. 独

众人皆梦，梦落空。众人梦醒，你独自沉入梦的深处，像一块玉，

花开在内心，不是花瓣，是光，收藏夜色；不是夜色，是孤独。

我看见你在黑夜行走，踽踽独行，身边似有一支队伍；

队伍里都是故人，人人都向你投来亲切的目光；你稍稍缓和，

平和在你，是喧嚣的总和，和而不同。

终于你孤零零走着，把梦甩在身后。

35. 黑

有时候，阳光是黑色，当它被你从远方背回来，用心，用命，用爱。

有时候，爱是黑色的，只能在深山石窟，壁画的空隙中，找到那个隐秘的白天。

那个远古的白天，你们随心所欲，做着自己想做的一切。

一切是什么？就是什么也不做，两人静静待着，开始黑暗中的旅途。

旅途中的阳光渐渐转暗，只因爱，提前降临，壁画自歌自舞；

而前世来生，尽在这一瞬，这一刻：生欲死，爱即沉默。

36. 红

你红得黑，黑得红。黑得像火，红得像夜。

夜收藏白天，火收藏树木。树木收起的阳光雨水，

在你是悲是喜，是泪是歌——什么是悲什么是喜什么是哀什么是乐？

你什么也不悲，什么也不乐，只在碰杯的时候，感觉杯中的海，

有些温柔，有些苦涩，却不知海里的鱼，正轻吐着黎明的颜色。

37. 觉

那些枯枝，看一眼就生出桃花。有人说那是幻觉。

可除了幻想，你浑然不觉：桃花潭水，映在悬崖边。

38. 跃

曙光染红的小马，你为何愁苦，为何在天亮前独自上路，来到悬崖边？

——只因地冻天寒，世界冰冷；前面的路，谁也看不见……

黎明抛撒枯叶，粘在它身上，为它遮挡严寒——可它纵身一跃！

39. 骞

小马小马，你为何出使西域？沙漠荒凉，冰冷缺水。老马不曾告诉过你？

风铃叮咚。你看，夕阳已在沙漠上铺开红毯，我的马蹄会印在上面。

马蹄是我的莲花，马蹄莲胜似深山雪莲。

而你是晚风，还是马背上的树枝；是河流，还是河岸山石；

你是云朵，还是地上的影子；你是星夜或是清晨故事？

我是一切，我什么都不是，我是小马，映在水里的影子。

40. 裁

鸥鹭经过的地方，江水顺流直下，前世的夕阳与今日曙光相映成趣，成为岩石上的丹霞。

快带上你的绫罗绸缎，跟我上路。

我的绫罗绸缎日日涌现窗前，任我裁剪，

我不敢裁不敢剪，只小心织造铺展，就这样日夜不停，

把江水铺到天尽头，地中央，迎接逝去的每一只船，

船上的每一叶帆。而今，它们像树叶一样落在肩头，又如白鹤飞散。

41. 香

会呼吸的汉字，闻到那阵香，就飞出了书本。

这一日，书上无字，课本上，也只剩下蝴蝶翅膀抖落的花粉。

这一日，课堂亮堂堂，有水渠清浅，稻田芬芳——

七日七夜，花飞花谢；那阵香，还停在树上，将露珠、回忆，凝成曙光。

42. 含

花含在镜中，镜含在水中，水含在蕊中，蕊含在心中。
心含在梦里，梦含在空中，空空如也，也含空中。

43. 曾

你的影子坐在我车上，像一只猫，东张西望。
凌晨，我们一起兜风。你看这座城，满街都是梦，
连同你的影子，一样真，一样空。
空空的座位上，盘着你的影子，我一样感到温暖而充实。
你的斑纹曾映在地面，是猫是虎？我知道此时此刻，
在这座空城，只有你，陪我穿越美梦。

44. 夜

夜是一条船，你坐在对面，就悄悄启航。
那一声汽笛，被夜色抱在怀里，
像个幸福的孩子，在梦里呻吟。

船，开进白天就化了。天一亮你就永远消失。

45. 海

天空落下细密的海，夜海直立，上海躺下来。
有人在海上吹响螺号，螺号将上海藏进云海。
云在城中舒卷，蓓蕾从海底盛开。

46. 遇

你在山坡上吸烟；我坐在列车上看风景。
我们在风景里相遇；明亮的雨滴，打湿窗棂。

列车进入隧道，漆黑的风将我吹醒；
醒来已不见你，只见坡上青草，飞过头顶。

47. 亲

小猫亲一条鱼，碰了一鼻子水；鱼从夜里游来，在鼻尖开会，
说从今往后，我们必须教它如何将夜当河，如何在水里呼吸。
小猫无师自通，一学就会，它终因一个莽撞的亲吻，
得了一条长河，满目星辉。

48. 怀

清晨来得有点晚，让人怀念起昨日昨夜，
细雨合唱的那首歌。我们醒得有些迟，
像挂在杯中的笑声和雨滴。

我们很少饮酒，却将酒杯藏在心底，
用生命酿一份沉醉，而沉在心底的醉，
今晨不小心飘上了天。

南方的雨，让人怀之念之，
却不知她将落入哪一只杯子。

49. 易

风萧萧兮，易水因何变暖？
你经历的雷电，今夜只是花瓣，
携着艰难岁月，亲吻冻土严寒。

50. 元

我在你的沉默里雕花，就连花朵也是沉默的，
在无数静夜，坠落深渊。

你是深山明月，在水面生烟；
我以为找到光明，却被沉默诱惑着，
不知不觉，返回空虚混沌，渊面黑暗。

我说要有光。光并没有出现，
一如上帝，离我不知多么遥远。

51. 默

我住在你的静默里，每天晒太阳、淋雨，
不思不想，也不寻求任何意义。
你的静默如山，我在山中隐居，
深谷野花，风云四季，需要我用一生去体会。

52. 哭

哭声顺着石头爬上山，像一个婴儿慢慢长大，
往山上爬；直到山上清溪流下来，
挂在你的窗前，你才开始收拾自己的青藤，
像母亲收起你的童装、童年。

哭声在石头里化开的时候，你听见门前的山
发出溪流一般的笑声，像是对你心愿的回答。

53. 长

地在长，但并不苍凉，这冬天的原野，
将雪做种子，光做水，默默生长。

地在长，岩石露出青色的时候，
雪的影子，不再荒凉。

54. 明

日月合在一处，藏进山水。山灰水冷之时，
时光也变得静默沉寂。沉默在寂静处让你相信，
日月在乱石泥土中，一样长出光明。

55. 灯

远方的朋友，你那里天黑了，我只有将这里的太阳
送给你，挂在你的床头，当作一盏灯——
这里正是早晨，上学的人群中，处处有你的身影；
你的沉默像晨雾一般，让人看不清。

我所能给你的，只有这虚幻而光明的礼物，
温暖的礼物，正如故土所能给予你的。

第三辑

灵光篇

致黑黑的战士

（1）

黑黑的战士，泥土造就的孩子，
你的生命之土里，
埋葬着先人无穷无尽的幻梦；
它们一千年一万年还没有成熟，
只因一代又一代的孩童，返璞归真。
真与美如一对恋人在云上飘着，村口飘着，
瓦上爱着的人们偶然生下你，
泥土中的梦，一并复活。

（2）

我们走吧？——去哪儿？
在房顶上安家，在每一家安下我们的心。
绿色波涛在地板上长草，
房屋背面的镜子里，已贴了一枚
寄往天国的邮票——
我们来到天上才知道人间最美，家里最好；
缕缕炊烟，让天国居民，闻到人间的味道——
一如我们在天上，透过屋顶，
看见家家户户的生活，活生生长草。

草原在桌面，海在镜中，
我们在我们曾经的梦中，降落或飘摇。

（3）

你要做什么？——什么也不做。
剑客手里已没有剑；
我的手上，也只剩下一双黑手套。
可在我的目光里，无数剑客倒下。
岁月之箭，世俗流言，
只需从心底借一阵风，
就将它们吹跑，吹到遥远的地中海；
碗状的海水，在我心中风雨飘摇。

（4）

再也不飘了。月光切开的大苹果
像一只玩具；我用它们随意搭建的世界，
在你们眼里坍塌了。可丧钟是我的晨钟，
是公鸡报晓——君不见，扭曲坍塌的，
又是一个新世界。在那里，
孩童的小手就是造物主；童心即上帝。
那只被月光切开的大苹果，
原本是上个世纪的一轮红日。
而红日映照的山羊胡须，
如今又长在哪一座山上，

成为哪一只羊的记忆？

（5）

怎么办？火光化在麦田里；
曙光的河流，如洪水冲毁旧城村庄；
人们在红色世界，寻找天马的足迹，
终于在云中田野，找到
世人长久以来喂养在天边的火狐狸——
只有它知道。创作者只是耕耘，只是劳作。
只有它知道，创作本身，便是最大的收获。
一如生命的果实，已被另一只手藏进沃野，
一幅被苍天收购的油画。

（6）

你在自己的故园流浪了一辈子，
死也舍不得离开；背着行囊，
夜夜归来。你的孤魂一到，
天变黑，雪变白，故乡都染上流浪的色彩。
而所谓流浪，只是童年一场未结束的游戏——
孩子们都走了，我回到这里。
他们在天上，我在地里。
我背包里的玩具，已成梦成灰。

（7）

你递给我一束花，我递给你弯曲的自己。
椭圆的星期天，琴声在屋里洒水；
破壳而出的家具，沾满昨夜感激的泪水——
我们不用彼此感谢，只感激那梦里浮现的金色湖水，
将我们淹没的同时，现出自己。
我们是家具的颜色与心灵。
家是我们具体而微的梦境。

（8）

画龙不点睛；爱你只能闭上眼睛。

（9）

假如两朵桃花从布袋里盛开，
假如三位少女披头散发从风中走来，
假如水仙从中现出犀牛和白色星星的忧郁，
假如镜框里的故人露出久违的微笑，
假如看不见的红唇吹响树林排箫，
你就会知道什么是早春的芬芳，明亮的夜曲。

（10）

你走了，戴着森林的手套，山川领结，白雪袖套；
两只鞋，一只掉进海里，一只化在蓝天。

像一位炼钢工人走近炉膛，你迈向何处，
那么孤单，那么喜悦。

（11）

秋天把你托上草原，草原上的房子和你一起上天。
羊在云里吃草，家乡荒凉的季节终于过去了。
你一只手将我托上天，我的红裙子就在天边点燃。
卖火柴的小女孩今日从火柴盒里抽出一个你，
你的笑容划亮我并将我化为灰烬，你还在笑。

（12）

我的老房子在空中照镜子，
镜中是个新房子。隔不远，
我就看见自己年轻时的影子；
白纱裙上的红酒，新娘羞红的脸，
至今是晚霞的颜色。
我的老房子，被曙光铺上红瓦，
被白雪粉刷一新。切开的地面，
全都绽放它的身影。
我的老房子，你又为何伤心？
拆迁之前，邻里都在哭泣；
我已用心将你安全转移。

（13）

你手持花环吊在空中；
天空将你弯成孩子手中的泥。
是上帝要重新造你，
还是你想重建一座花的天庭？

（14）

钟声梳着你的羊毛、羊绒，暖暖的晚钟；
青烟袅袅，是你绵绵的呼吸——
你不是教堂前的山羊，是羊儿教堂；
你不是山羊，是绵羊——
绵绵不绝的钟声往山上走，
你是咩咩作响的白色教堂？

（15）

蓝屋，蓝色小提琴，
枣红马，马儿心。
是谁在冰面滑倒，摔成四瓣？
是谁停下马车，静静拉响小提琴？
石板卷曲，包裹琴声、四季。

（16）

坐好，别动，等花开了，梦圆了，我死了，

我的灵魂就会赤身露体回到你身边，
告诉你从前的一切，必须颠倒来看——
花瓣应声而落，却在画布里娇艳欲滴；
我的灵魂借燕子的翅膀飞到你面前。

（17）

好好爱我，不许背叛。
背后的你，比夜更黑，阳光更灿烂。
那一束碧绿茂盛的野草啊，是谁送来的？
不是你从山上，山从雨里，雨从天庭的花园
何以采撷？——其实，它就长在窗前；
窗台上的云冲进来，你先抵挡一阵，
我躲在后面——那至圣至福，来自绿手套中的喜悦。

（18）

你撑船行在陆地；羊顺着瀑布上山。
你走的钢丝，比铁更硬，云更软；
你站在软硬之间——似与不似，敢与不敢，
全在你和那只倒立的羊彼此间的默契与通感。

（19）

裙子落了，现出双乳；小鹿跑来，现出圣山。
耶路撒冷的众女子啊，有一只羊回到了昨天。
昨日在手中开花，羊角无比鲜艳；

昨日在爱的深意里深深安睡；
梦之河，喷涌如泉。

（20）

你睡在房顶，睡在云端，睡在村庄的梦里，
云朵的床上，扑倒在高悬的梦中。
那个大梦你从小就有——它小小的，
包含着整座烟村；它小小的，缘于两岁之前，
七窍生烟的那片混沌。

（21）

扇子的花边镶在炉火边缘，
生命之火，会因此冷却而平淡？
淡淡的愁容从绿衣漫过绿树青草，
从新春返回的时候，应是缕缕微笑。
你含着，不笑。珍珠在贝壳里旋转。

（22）

抱着我，紧一些，再紧一些，
不要让昨夜的月光顺着溪水流走，
不要让凌晨的残梦跟着鸟儿飞走，
不要让我的场苗随时光枯萎。
你看，月亮就像是你的身体溢出光芒和溪水，
你看，你就像月亮梦见的人，除了爱，什么也不会。

（23）

许多鲜花开在马头、马尾，只因萧萧马鸣，
许多马停在母亲面前护着腹中胎儿——
他一直在动，好像落水的小马，
将身前身后的门全部踢开——
远去的波纹第一次回来；
月亮如蚌壳，在水中张开又合拢。

致超现实的米

（1）

米粒长大立起来的时候，稻田就长在人群里，
改变人们的思想和心情。人们并不知道为什么
头发的颜色，开始接近稻穗，就连碎了的心
也溢出稻花香。蛙鸣随田野波动，波波山的艺术
已从人体上升到眼神，眼神里的诸神已逃逸无踪，
就像伤心的羊，一头钻到月亮里去了。

（2）

风车一转，墙上的青草一动就现出羊群；
墙外的树枝正在向它们招手；银白的月亮刚刚从教堂溜走，
回头一看，就因为墙上的青草已长成麦苗；羊在吃麦穗的时候
被少年赶到了墙角而独自伤心——伤心的是月亮还是羊群？

（3）

八音盒不小心醉倒，里面飞出的仙女和鸟
看见音符里破碎的山和教堂，枯树与祈祷连在一起，
就将忧伤从画框里取出，并在每一幅画、每一盏路灯
和每一扇门窗的边缘，涂上一层新绿。

（4）

蜘蛛吊起一只螳螂并向上爬行的时候也是一盏灯；
玉蝶牵着的红色乳房不小心变成了两只风筝——
它们相遇时难分彼此，就在十字路口
放出一只红色蜥蜴，是真正的放生。

（5）

当孤烟放电放风并释放出一株满头乱发的垂柳，
丝瓜藤看见了就弯腰告诉一只藏在梦里的玉兔；
玉兔听见了就竖起耳朵，接收到去年秋天
一只黑知了埋在柳荫与阳光间的遗嘱。

（6）

烟斗里冒出的绿色提琴托着一只黑黑的乳房奏出一条被火山掩埋的河，
河流映出的火山灰翩翩起舞，如灰红的蝴蝶转世托梦告诉人们，
其实烟斗里的世界也很危险。

（7）

你若能一笔画出莲蓬里的湖，让一个孩子脸上瞬间生出波纹
并从水里沉入高坡；我就能从高处将几幢童年时拆迁的房屋
从湖底寄给你；你若收到了就在荷叶上写封信告诉我。

（8）

是你么，小时候大水冲垮红土坡时从山上滚下来的骷髅？
是你么，悄悄进村长着红胡须的月亮河？
是你么，盖着阳光的厚被子还想着羊毛、鸭绒和一江春水的
幸福孩子——此刻你又在想谁？

（9）

是我呀，被你随手一画就成佛，一烧就成灰，
一扔就成花瓣的河流的近邻，火山的弟弟——
不是我是谁呢？身后的猫头鹰和眼睛里的鱼
都可以随时出洞作证，出庭作证，以洞庭湖为证。

（10）

有时候不再联系就是紧密相连生死相依，有时候无关的心事
也会与有关的飞天、五角星以及毛茸茸的发射塔连在一起；
而我们发射出的无非是一粒米中隐藏的远古田野上的舞蹈
和人类第一顶草帽所编织的春风春雨所感化的春心。

（11）

你们看不见我了，因为我戴的墨镜是两片新摘的绿叶里涌出的墨玉。
你们看不见我了，因为我看见你们的时候，许多泡沫伸出的触角
现出龟背上最新的文字——它们看上去好像一粒放大的米。

（12）

米罗米诺米若，你本是远古的一束阳光被捆成稻穗
又被海风晾干吹散之后剩下的最后一粒米，
落入镜子里的一颗心，发芽成一团火——
米罗米诺米若，你从米中来，又在米中落。

（13）

我笑，光谱就被笑容肢解成离谱的五条线、五根麦苗，
在第五个季节把黑孩子画成红孩子，尖脸画圆，
给月亮留个缺，好在其中留下空间让紫米引领紫气东来。

（14）

你画两笔就是两条交头接耳的河豚在橙色海水里密谋天上的事情；
我含一粒米就像含着一只蜘蛛跟着它的丝路一路爬行寻找枣花蜜；
蜜蜂在蜜色灯火里嗡嗡作响所发出的原本是爱的声音梦的声音。

（15）

京剧演员有时也会在戏里抛锚落下人生帷幕拉响光弦翘起胡须，
两只眼睛一红一绿如航船在大洪水中看不清方向走走停停。

（16）

冲啊，太阳的崇拜者，我们崇拜的生命
终因蒲柳之姿、松柏之质而赢得一个金色晚秋；

一如我们流出的鲜血只因遇见漫漫严冬
而从雪地里找回了当年的纯洁与鲜红。

（17）

你手里的那个毛线球还在阳光里吐丝倾吐母亲长久的心愿；
妈妈的手绕着的线团连着你双手撑开的毛线在今日阳光里
一根也没断，都是童年眼睛里的温暖色彩与无尽岁月。

（18）

眼睛游出来寻找自己的同伴遇见红红的犀牛在远古的斗兽场上哭泣；
茹毛饮血的战友今日歃血为盟并从冰川海底吹响那只进军的红海螺。

（19）

别生气，人之初难免伤心无力别生气，你的表情连着母亲的气息；
她正像风一样梳理你纷乱潮湿的羽毛，把你从月亮上捧回家里。

（20）

双面纪念碑记载着双重历史双面人的回忆——
回来开一块赌石输掉姓名却赢得春秋四季纪念碑上宁静的光影；
四个孩子合上四扇门打开四扇窗才发现原本都活在另一个世纪。

清明河上

（1）

帆船起航——是过河，还是过江？过了界河又过了冥河，
你我都还在岸上。你听，风把帆扑得哗哗响……
岸边的耕耘者，还在低头忙碌着，把前世的鸟鸣种在地里。
邻居女子正用心作画，画中车夫正用柳枝赶着黑马……
鸟鸣在画中发芽。

（2）

手捧诗书，心捧楼台——四周的土地已涨成江流。
——不仅是水，时间里的风沙也将它们淹没。
我们乘船而来，进入岛上那幢寂静的楼宇——
回归的春燕，至今在墙上寻找幽兰，寻找伊人的舞姿和思绪。

（3）

楼宇生出楼宇，燕子生出春意。岸上等船的人，等来一片新绿。

谁将乘着绿船，驶向一颗碧绿的心？莲子剥开，里面的湖面银光细碎。

（4）

人们正在院子里，讨论着麦子的储藏和分配；瓦片像树叶一样

覆盖他们的声音——许多辛苦只有土地知道、房屋知道。
岸边的树，望着桥上骑驴的过客，抬轿拉车的兄弟，
摘下树冠，为他们遮阳挡雨。
一树腊梅，为辛苦奔波的人们，添一束红色回忆。

（5）

宫墙寂静，墙内莺穿绿柳，燕泣红亭，湖水平静如镜。
门外的喧嚣，如朝雾、露水。挑担、砍柴的人们，将深山树影
运上驳船——船带走远山近水，空留宫廷寂寞，宫墙寂静。

（6）

屋顶在水面漂着，如片片鱼鳞。马车在水中行。
碧树倒立。唯有青山缓缓向上，托起帆影。

（7）

树围着水榭听歌——人散了，雾散了，歌声和燕子一起，
围着红亭飞来飞去。树静下来，风在叹息：人去了哪里？

（8）

一片苍茫。苍天沧海，江河土地都在此汇聚。
一片苍茫，深不见底；其中溢出的歌舞，树都在模仿，
波浪都在回应；可曾经的苦难，却没有一丝痕迹。

（9）

我们还在这里，我们还在这里。穿过红墙柳荫，真山真水。
我们还在这里，我们还在这里。三五个人，七八声鸟鸣，
却将庭院里曾发生的一切，瞬间唤醒——

墙上的影子，全都是真相、真迹。

（10）

黑黑的树影，凝聚着多少夜；马蹄、黑影，还在颤抖不已。
这是哪朝哪代的阴谋政变？一切的一切，已付诸东流，
落在下游一个渔夫的网中——今日在他的网里，跳动着怎样的阳光、鱼群！

（11）

用心看，土地就开门；层层叠叠的黑瓦，越陷越深。
舟人采莲，你采梦采真。若非如此，何以捧出诗书旧梦，
装上你的船，运往月下松林……

（12）

那些人都在梦里飞，如流沙飞出铜镜；
镜子里的水，溢出红的牌楼、黑的屋顶和绿的树荫；
它们随土地流失，在光的记忆中，寻找我们。

（13）

翡翠色的山石生出红梅；晶莹的石壁，透出谁的内心？
宫墙里的人，墙上经过的身影，此刻又聚在树下谈心——
白鹤飞去，能将什么带回？

（14）

鹤停在金鼓之上，摆脱了转世轮回。人站在仙树上，
不敢敲击——击鼓传花，只怕白鹤飞去。不妨让时光停一停？
——鹤也不敢飞，害怕飞进孤独，飞入无人之境。

人在世间，身边已无人无语，只有仙树飘摇，灵木叹息。

灵山雪

（1）

那座山，其实是一头海龟，千万年前，海沉没时，它留下来不知等谁。

那只海龟，其实在思念那片海，等它重新上涨，长大了回来。

那片竹林，其实是一群人，彼此相识，也认识路过的每个人——

路人常喝醉，就像他们当年，丢下鹿车、牛车……

时光流转，谁又在竹林相聚，永不分离？——那扇门一直开着，

是旭日推开山门。我在这里空等，我的苦楚，空空为你留存。

（2）

那只山猫一直盘在岩石中，表情里的夜色，风起云涌。

那只山猫不是一座山，是山的前世，岩石的幽魂——

树影飘摇，湖水眨着眼睛，只有旗杆上旌旗，认出那是猫的胡须，

猫的眼睛，而它自己从翘起的尾巴上，观测风水。

（3）

藏在山石里的狮子隐隐咆哮，山因此长高。我们从故事里

发现的秘密，早已在山里发展演变；缓慢的进程，如狮子的步履，

它轻手蹑脚，让壁画里的山，在云里飘摇。

（4）

融化之后的雪还留在半空化成什么？
离开之后的人还留在山中成为什么？
溪流在树林间喧响，寂静是从哪里来的？
云还在天边飘着，空是从哪里来的？

（5）

树长出一种姿态，女人从雪中归来；
白山黑树，绿水苍苔，都随着她的脚步叹息、徘徊。
溪流出山的时候，不慎将她的影子送至山外。

（6）

棕红从雪景中跳出来，不是橘树，不是树叶，
是茅屋里的一张圆桌。一些人正在说话，谈着谈着，
圆桌就飞走了，领着主人出门看雪，看看雪中山林，它的老家。
我还在家里等它回来，它还在天上飞着。

（7）

我们乘船在山里游，山中雪，雪中湖都是好景色。
一些燕子冬天就飞回来了，追着我们的船帆——春风从帆上诞生；
白帆在雪中不见了，雪山正是它停下来的样子。

（8）

黑黑的树枝爱上了雪，黑黑的茅草爱上了屋檐。

庭院的栅栏围着一栏雪。雪装在篮子里，女人已进屋烧水，雪水甘甜。

我们还坐在外面的凉亭里谈论春天，雪给凉亭戴上一顶白斗笠你没看见。

天干地支

（1）三羊图

一只黑山羊，用触角顶撞旭日；光洒下来，照亮它的孩子——

黑山羊有两个孩子，一个是黑山，一个是羊，它们常和云朵一起，

四处游历。偶然闯入一幅画，四下张望，又转眼消失。

而这一次，黑山羊的触角，要去顶撞春风。

（2）放心放羊

不如放下，放心放羊，放逐自身，放一只小鹿风筝——

鹿车升上天空，将曾经的醉人送至青埂峰——

旅梦履风，踩着记忆中的小火轮……

（3）鹿车

你们推车，一前一后，独轮车独自旋转，自成一体，

像一块滚石，没有方向，没有归属，只有两个孩子，

一前一后，一高一低。太阳像块红玉，月亮像块白玉，

镶在车上，别在肩头。清晨，庭院里新开的牡丹，圆了昨夜的梦。

（4）品

三生空寂，来自三只眼睛，三扇画屏。当两只眼睛，

凝视一颗心，就有花蕊，将树心草心与大地之心化在你心里。

（5）麒麟送子

三位仙姑越过仙山琼楼，蹚过青玉河、白玉河，
送来一个孩子。孩子坐在麒麟之上，回头看什么？
你的身世呀，没有人知道，只知道来自湖底一座白塔，塔心是一条鱼，
它游出来，天边都会出现红云。而此刻它已沉落，月亮在荒山苦苦找寻。

（6）五子夺宝

五子夺宝，从织布机上，夺取汗水，从布上夺取金元宝。
这圆圆的兄弟，没什么不好，当它出自母亲的针线，父亲的辛劳。
一年一度，春风吹绿了青山碧树；孩子们在春节一早，就穿上了新衣服，
脸蛋捧在母亲手心，像一只冻红的水蜜桃。

（7）满堂彩

爷爷出门，去给爷爷的爷爷打酒祝寿。爷爷的爷爷的爷爷，
正坐在太师椅上，倚着南山白鹤，身后的侍女，亭亭玉立。
眼前走来一位翩翩少年，正领着一个童子前来报喜——
金榜题名的，又不知是几世儿孙。

（8）双狮童牌

你们不用跑呀，两头小狮子，我不是你们前世吃掉的梅花鹿，

只是它们的孩子，你们不用跑呀，两头小狮子，
我们相逢一笑，就有了默契，山中若没了你们，
只剩下老虎有什么意思？
你们快回头呀，两头小狮子，自从麒麟被捕获，
你们就是山中的吉祥物。请相信我的诚意！

（9）九子得利

你骑着鲤鱼漂洋过海；圆圆的海，被我们高高托起。
我们托着你，却被你带着到处旅行，游山玩水。
我们得到的甘露，已洒向沿途的嫩草、菜蔬。
风，梳理着海，在我们心中，盘出个流水髻。

（10）牧笛

吹短笛的牧童呀，我把你从画里抽出来，像抽出一张扑克牌。
万变不离其宗，而根本就在你手中——
那支牧笛是一，是山林水泽间的一根芦苇，一片心意，
是迷途羔羊半夜走出荒山对着月亮的一声叹息，
是你经过水边，看见你的影子而扬起的柳枝，因风飘起的柳絮。

（11）劳动

金灿灿的劳动堆积如山，我们的生活因辛劳而圆满。
我们流出的汗水滴滴都会渗入地下，为先辈报喜报平安。
我们的孩子都会像喜鹊一样飞进森林旷野——
报喜不报忧是我们家传的美德，何况忧愁已随劳动的汗水烟消

云散。

（12）春晓图

公鸡，你一叫，天就红，门就开，母鸡、小鸡都围拢过来。

溪流涓涓，还有娟娟的母亲，从泉边挑水回来——

今日之水，刚从山涧流来，是浮云回家听见公鸡啼鸣而降临的喜悦。

（13）蝶球牌

彩蝶啊，你在世界上飞，地球遇见你，就凝成一枚水晶。

水晶球被你扇动着，轻轻旋转，你的翅膀上映出紫金色的光辉。

麦穗从两侧生长；两只凤凰，托着你和你梦中的世界，成双成对。

（14）松鹰图

鹰飞出松树；松枝从此会飞。你们何时飞出自己，带着落日的余晖？

余下的是你是我，我们在旅途中互相安慰；

未来的天空，将在谁的翅膀下，生出雪山松枝？

（15）上寿图

仙女献上寿桃；松树敬礼弯腰。父子坐在树下，身披紫衣红袍。

石壶在桌上生长，话语连着松涛。心如白鹤，在山顶翩翩飞绕。

（16）抛锚

那只锚徐徐下沉，停住了海，停住了时辰。
船员祈盼的，无非是一个风平浪静的早晨，归帆归隐。
那只锚因此下沉，定住了海，定住了心。
绵绵海浪，一时都成了蓝色的花，那么不真，那么真。

（17）红袍加身

红袍加身，你骑在狮子上，狮子变成麒麟。
一路春风，吹散白雪红门。你何去何从，去寻花间蕊，梦中人？
人已归去，人已归来。你是谁？
我的父亲，我的兄弟，抑或我的前世来生？

（18）聚

聚啊，我们几个，松、竹、梅，寿桃、小鹿与白鹤。
聚啊，我们几个，波光时光和船上的指南针，
针尖指尖和心尖上的阳光与琴声。
聚啊，哪怕世界乱作一团，我们只轻吻仅存的岁月与亲人。

（19）鹿风松图

鹿啊，我送你一枝花，换你一阵风。你的风就是鹿风，胜于人间的海陆风，海陆丰。

你用眼神从青涯间采风，采得奔跑的青涯，游荡的春风。

鹿啊，我送你一枝花，换你一阵风。

（20）红蝙蝠

红蝙蝠落在大象头上就是福祥福相，像不像你我在泉边相识相遇的那个晚上？

节日焰火还没有升天已升上心头；节日已过，我们相爱的岁月刚迈出第一步。

第一步就跟着大象走；红蝙蝠飞来的时候，总有晚霞在歌唱。

（21）地支图

青苗在地里刷刷地长。飞龙在天；老虎在田间守望；蛇从地里抬头。

鼠抱松果；小羊爬上山坡；水牛耕地；兔子拔萝卜。

白驹过隙，云缝间的光，普降甘露。

鸡犬相闻。公鸡在晨风中询问：今日晨光，为何水淋淋的？

第四辑

琉璃世界

颐和园

（1）画舫

石头船啊，你就在湖面慢慢游，遇到新婚燕尔就招招手；
石头船，你就在人间轻轻游走，
将湖底梦境，一一散在风中枝头。

你是携着花瓣从地里浮出的，那些落花曾一层一层
覆盖宫廷、院落。你是载着梦境从异世归来，
整整一朝一代的幻梦，都藏在你的船舱里，你小小的王国。

而驾船的，已不是光绪，是光的情绪，时光之主；
他在祭祖之后，便驾船浮出水土，为新人新梦，祈祷祝福。

（2）斜阳

那一抹斜阳，收了地面的红冰，珍藏着那个冬天的黄昏。
你们手牵手，在风雪黄昏穿过清代宫廷；
就连其中的往事也变了：红墙上的黑影站出来，
走进风中，而在风中流泪的不是他们，是我们……
我们曾一起度过的黄昏，除了那一抹斜阳，
那阵晚风，风中宫墙，谁还记得，谁来收藏？

（3）长廊

长廊溢彩流光，如彩色溪流，在山间流淌——
遇见的树，都悄悄靠近，用根须汲取水流清光；
遇见的人，已卷入其中，与花鸟攀谈，供出心事；
那些鸟鸣落雪，缠绕着玉树琼枝。

（4）早春

湛蓝的天，落雪的湖面，珊瑚一样的树枝，
在早春的碧天里，化雪凝风，
凝聚风中经过的每一个人影，每一个孩子的梦，
连同他们放飞的风筝和气球……湛蓝的天，
有些寂寞。而所有这些，都爱上早春的晴空。

（5）晴空

碧瓦被蓝天冲洗一新，琉璃世界，从此纤尘不染。
当宫廷里往事，只剩花鸟春光，碧空如洗，空空荡荡。
那些幽暗，就让它随落花流水飘去散尽；
当新春又悄悄降临，如此空明、纯净。

（6）柳荫

柳枝从水里往上长，柳荫在空中飘扬，往事随风来往——
未来和过去不曾存在，从来聚在一起，如我们天各一方；
但只要独自来到水边，看白鹭、白鸥在黑瓦长廊间徘徊，

天空就会像蓝宝石的胸坠，坠落胸前。

（7）湖心岛

水天缓缓向后退去，就要收藏这座岛，这块玉；
湖心岛，你见证的一切，已无迹可寻——
当曙光用微红的手指盘着你，像抚摸一只鸟，盘一块玉；
你已将心事交付天庭；在那里，我们的青春缓缓出走，
轻抚弱柳——初吻被柳枝高高扬起。

（8）万寿山

枫叶、红亭，新梦、早春。直到这一年春风来临，
万寿山的山石，才初通灵性。清朝之清，只在这阵风里；
而那座朝廷，如今只在万寿山上颐养天年——
朝廷新岁，原来只在山上，后世的另一重时空，另一个春季。

（9）琉璃鸟

片片金瓦，那是琉璃鸟的金翅，扑向这世界——
它凌空展翅，就是一朝一世；它一转身，王朝更迭。
而今它还在飞，在空中滑翔；我们不动，也不眨眼睛——
你看那片湖水，那片天，是不是离永恒更近一些？

（10）蓝冰

蓝冰啊，你还没有破碎，从湖面映着碧晴的天，
天空啊，你还那样湛蓝，将深海与海底鱼群一并呈现。

鱼下的人，她曾经很冷，在枯枝下瑟缩不已；
夕阳曾给她蓝色的羽绒服上，镀上一层紫金。
我的征帆已然消失，抑或她还在湖底天心？
蓝冰碎了一半：一半挂在冻土边缘，一半浸在夕阳波光里。

（11）巍巍红楼

巍巍红楼，你原本是一种美好品德，拔地而起，升入云天。
巍巍红楼，往日的你，只在镜子和湖水里映现。
可今日空旷的长空呼唤你，如沧海召唤数百年前的沉船，
沉没的珍珠美玉。而你满心仁慈，只在破冰的云层间，激荡蔚蓝。

（12）红云赤鲤

红云经过时，是一条赤鲤，在桥下稍作停留，问我可曾看见
所谓伊人，在水之湄。我说她已穿越浮桥，随镜子里的波涛去了晚霞深处。
瞧，片片鱼鳞在天边闪耀，火湖里的光辉，正是她的颜色……
我光顾了说话，低头再看，赤鲤已逝，如消失的情人。

（13）拍拍水

拍拍水，水面就现出人影。我们一起走来的时候，
春风吹绿了你的衣襟——“青青子衿，悠悠我心。”
想握住你的手，它在水里游；我只有拍拍水，
拍拍你的背影。湖面空净，一如我思念的心。

（14）画龙

我刻在石上，盘在门前。我绕在枝头，开花吐蕊。
我潜入海底，倾吐潮汐。我藏进泥土，仰观天庭。
我飞越群山，翻云覆雨。而今，我跟你进门回家，
保佑我们的家园，我们的宫廷。

（15）点睛

我原本是一只绿贝壳，合拢又张开，一个朝代衰败又强盛。
我原本是一只鹰，贴着湖面，在大地轻飞。你们只看见羽毛，
看不见我的眼睛。我原本是条龙，历尽沧桑，等你画龙点睛。

夜宴图

（1）

你的指尖是流水，我背后是山。
你的流水在我的山间；我们依山傍水隔得不远。
我们都从宫廷里溜出，像提前凋零的树叶。
岁寒而知松柏之后凋；春暖才知道我们最先化开，
像解冻的冰，松开缆绳的船。

（2）

你们吹箫，把自己吹成轻纱，说梦把自己说成梦。
我们从严酷中逃离，离血淋淋的真相不远。
可雾啊，将我们笼罩，轻纱且轻轻扬帆，
护送我们离开是非之地，让钟鼓馔玉，美轮美奂。

（3）

为何你站在人群里，如一匹孤单的战马，立于茫茫荒野；
眼前分明是美人美酒，笙箫鼓乐。可你似乎看见
寒鸦枯树，在血色黄昏，围绕着无名尸骨；
四周的欢笑声，更增添几分悲惨。

（4）

你们都来了，各自若有所思。为何不能学会遗忘呢？
像我这样，把心事搁在杯中，把酒不小心洒在地上。
酒在地上流，欢宴不小心变成奠酒……
即便如此，你们还是尽可能高兴起来。

（5）

兄弟，你看，她在跳舞，这人我认识，她昨夜刚与我共度良宵，
今日又与你海誓山盟。兄弟，静静欣赏她的舞姿，不要说破；
春天自有她的风，她的颜色。人生自有一番风景，
与别人不同，与别处不同。瞧，她也醉了。

（6）

走吧，别难过，找一处安静的地方，我有话对你说。
——这里还不够安静么？
——不，这里有春风。我要带你去深秋，
看看成堆的落叶下面埋藏的是什么。

（7）

我这就来敲鼓，配合你的舞步。我这就来敲骨，
把整个春天都敲碎敲破，看看醉美人与杨柳枝哪个更轻浮，
夜宴与夜色哪个更温柔。我敲啊敲，
为何你们的掌声稀稀落落，好像一个个心事重重。

（8）

我坐着，你站着，我已宽衣解带，你不要笑话我。
只因春江水暖，我先知道了就告诉你；
你从我醉后的眼睛里可以看见年年柳色。
让我在大醉之后告诉你，一切的伤春悲秋都缘于离别苦；
一切的离别苦，只因我辈情之所钟。

（9）

让我来告诉你春色之隐密：忠心与钟情造就我辈，又将我们一一摧毁。

蒲柳之姿，望秋而落；松柏之质，烈士情怀，你只可珍藏，不能说。

那些挺身而出的先辈，他们的松枝上至今落满霜雪。
我辈隐在春天里，只有握着你的手，你不要惊讶，不要害羞，
我们之中离去的兄弟，你从没见过。

（10）

走吧，我们再度出发，是寻花问柳，或走进荒漠，
由风雨选择，道路选择。走吧，我心荒凉，
只想深入一个远古的深秋。

（11）

笙箫在路上吹，夜宴已散，墙上已不见花鸟。

笙箫在路上吹，山水相聚——无论忠义堂、聚义厅，

忠义均无处栖身，不如醉了散了，把夜风当酒，幻影当真。

——我们这些人，当真已无可救药?

玄武湖

（1）

荒山里的湖泊其实只是一张面孔，
她微笑着，我的童年就藏在这湖光山色中。
玄武湖，玄武岩，在乡音里长满野草，
你可听见童年的笑声，在寂静的湖面漂泊？

（2）

当岸边垂柳被时光放逐，流放到上个世纪，
你沿湖找寻，找到百年前的一片柳荫；
坐在柳荫间，细细咀嚼着当年春游
携带的干粮，甜丝丝的，如童年的泪水……
坐着在柳荫间，你一夜之间老了，
飘拂柳枝啊，还很年轻。

（3）

鸽子栖息在鸽亭厚厚的茅草上，
鸽子一样的云朵从天空飞过。
这是哪天中午，哪一片时空？
你手扶栏杆绕着鸽亭走啊走，
鸽子还没有飞，你已经消失。

鸽子睡着的时候，亭子也飞走了。

（4）

樱洲长廊，花鸟还睡在枝头；
红樱桃昭示着果实成熟——
快来呀，播撒种子的鸟儿，
快来呀，游园的孩子，你们在哪里呢，
为何只听见笑声，看不见人影——
孩子们呀已从影子里长大，离开了笑声。

长廊上花鸟还睡在枝头，
长廊已随波逐流——
转瞬即逝的时光呀，将她迁走。

（5）

若那塔，还停在1937年，
连同湖里波动的喇嘛庙，庙里的诵经声，
随波浪轻拍着湖岸。岸边的长椅还空着，
阳光从来是彩色的；柳树下的情人
已不知所踪；又有孩子们在树下等人……

（6）

圆形的石门像一口深井，时光掉进去，

发出怎样的回音？一阵风，
吹动墙上的哨音；一群鸽子
衔着野草的种子飞向哪里？
寂静的院墙上，波动着湖水。

（7）

大路略显空寂，空空的玄武门前，
寥落的行人去往哪里？
小花坛像一只小船，载着幼苗，驶向湖面。

大路略显空寂，两侧的湖面，散落着点点浮萍。

（8）

石阶下停泊的小船空着；
石阶上坐着的游人闲着；
小姑娘提着竹篮，走着，
垂柳从冰冷的湖水里拾起什么，
阳光在枝头想着……

（9）

小舟磕磕碰碰，把人影都撞模糊了。
春潮汹涌，涨满又干枯了。
草丛中的笑声，把风拉近了；
手风琴里的人影，伸出的小手都冻红了。

（10）

城墙像一叠苏打饼干放太久了，
桅杆立在湖面，像一根划不着的火柴。
野草从湖面漫过城头心头，
泛舟湖上的人影，如今你认得那是谁？

（11）

湖上只剩下一条船，两个人，
从清晨到黄昏，还有一些
零星的水草、枯枝，从黄昏，到清晨；
两个人都有些孤单，只能在湖面找人。

水中云朵，聚了又散，
两个人在湖上，还没找到别人。

（12）

荡起双桨的孩子们，如今已经老了，
坐在船头回忆童年。少不更事的孩童，
还在夏夜湖边，望着一对对情侣发呆；
野鹤在城头徘徊……明月夜，
荡起双桨的我们，还是那群少年。

手风琴

（1）

侧身坐在阳光里，你就成了一张琴。
阳光的琴，置于骨骼，被风拨动，
水晶心肝玻璃人，那不是我——
我是一张琴，一个梦，
我是一支曲子，消散在晨风中。

你们是听歌的我，我是诗梦者，
诗梦施梦，你浇灌我；
浇灌娇惯，我不是花朵。

（2）

三年前有三棵树立成三尊佛，
三世前有三尊佛立下三个梦；
他们于今天早晨七点一刻准时出发，
如东方三博士，循着晨星的方向寻找什么人，
反正那不是我。

我把笔搁在山上，我把石头的心随意堆放，
乱石随风飘动，生出一群羊，

反正那不是我。

(3)

我是一杯水，搁在你桌上，
盛满一片海，一抔春光。
春色宜人时，我就是一杯酒，
红酒、蓝酒、鸡尾酒……
我红，因为梦；我蓝，因为风。
我是公鸡尾巴随风摇动；
公鸡不是我，我是一首歌。

(4)

歌红草绿，风疾梦多。
我从疾病中痊愈，我从死里复活。
我从花朵的影子里，影子的花蕊，蕊之心中，
滴梦成雨，滴雨成河，
反正河流不是我，我是今晨不远不近的一片湖泊。

(5)

湖泊也漂泊，我一动不动。
一动不动的房屋在风中旅行，
走不出城市沙漠。
我在城里一动就出城，
我在城外不动也漂泊。

我不是旌旗，是一支队伍，
无名无姓，有道有路。
经过的地方，影子都站立起来，
排着整齐的队伍冲锋陷阵，
保家卫国。反正那不是我。

（6）

丝绸之路，愁丝不断，
思愁之路，抽丝剥茧，
剥出沙漠中的鱼群，藏在金色波浪里。
粼粼波光中的我，无忧无虑，俯仰悠游。
仰则观象于天，天国群星降落；
俯则观法于地，地上莲花万朵。
莲花今日，只爱沙漠。

你们成龙成虎，我成爱成河。
我一侧身，鱼就紧跟着。

（7）

佛让我沉默，我却开口；
佛让我开口，我更加沉着。
我的沉着冷静，乘着柏木船四处遨游，
采花采风，采梦采真，却不采人间欢乐。

我与佛反着，佛就笑了，
笑我逆水行舟，船到滩头，
就开出莲花万朵。我与佛正着，
佛就不理我；佛不理睬的，反正不是我。

（8）

我被阳光钉在墙上，只有音乐能将我摇动，
我被时光定在石窟里，什么也不能撼动，
除了从沙漠里飞来的那只蜜蜂——
它是一滴蜜，和着阳光坠入一颗沙砾，
又随风而起，风起蜂飞——
在它到来时，我一触即溃。

（9）

我再也等不来你了，索性不等，
不等是永恒的等待，永恒是不平的平等。

来否？告我。

（10）

阳光把我裹起来，
如昨夜情人的长发将我包裹，
我不是抱中物。阳光抱着的，明明是我。

我删除你，像删除一阵风。
记得你来过，记得你经过时，
菩提树上的叶子沙沙摇动。
而我是沙，不是树，沙沙作响的，
是树叶不是我；是树上的雨滴，
雨中有我。我是湿润的沙砾，
我是飘零沙漠间的江南春色。

（11）

人间危险，我感到四面楚歌，
只有跳进水里，让水保护我，
鱼保护我，沉默保护我，沉沙保护我。
折戟沉沙，我在沙砾中，
已然建成我的佛国。

我的王是佛，佛不是我。

（12）

晨光拉开的手风琴，飞出一群鸟，
一群白鸽，我用泪水将它们一一染成金色。
鸟群、人群，我分不清；
白鸽与白日梦，一样是我。
我被晨风拉开，被晚霞合拢。

天地是我的手风琴，
我的手指像红蜻蜓一样灵活。

红蜻蜓停在爱人胸前，
随她的心意在风中跳动，
一张一合，一静一动。

琉璃世界

（1）

你们一行人为什么站住了？
站在我的午后，如船停在鹅黄色的江水中。
而鹅黄色的，如今不是江，是风，
是时光的泥土，土中荒漠。
难怪你们一行人站在那里，神情如此严肃，
红伞飘飘，惠风将你们的肤色吹成桃红。
桃子熟了，仙桃似的脸庞藏着怎样的笑容！
莫不是听见微风吹响风笛，
莫不是树叶抖落片片残梦？
“留得残荷听雨声”；
留下土中仙人、梦中仙桃听见什么？

（2）

你一个孩子，驾着凤凰就走了；
送行的泥土中，游出一条龙。
你一个单纯的孩子，只会用一棵树撑船，
一只鸟敲门，远去的凤凰能带你飞向何处？
何处敲门门不开，
何处羌笛，怨你只是个杨柳树下的孩子？

（3）

红伞飞着飞着，如红蝙蝠撑开一片曙色。
蝉鸣化成树叶，树枝扶着瘦弱的肩膀，
才发现，这不是别人，是诗歌。
只有诗的肩膀如此瘦弱，
只有满心离愁的诗人，这样站在风中挥手，
手中的梅花，已纷纷飘落。

（4）

马车继续前行，车轮软了，像一只干枯的红橘；
即便干枯，车轮也还在旋转，
从石棺到木棺，从木棺到土木，
从土木到森林，从森林返回人世间。

天色昏暗，你们的路不平；
而我们心平气和，只因你们的马车正徐徐前行。
车辚辚，马萧萧，转眼就是我们坐在车上，
向着远方微笑。

（5）

树弯了，山似波涛，胭脂般的红梅
从雪中绽放，问一声早晨好！
红梅脱去冬装，你摘下柳条帽——

风将柳枝抽出，插在另一个春天。
是谁踩着如雪的月光，降临在梅花山前？

（6）

你的罗裙飘起来，比梅花更鲜艳；
曙光从山间透出，如葡萄柚被素手剥开，
手中波涛，像昨夜枕边的长发，将梦境托到很远。
江水拖船，杨柳拖烟；你托梦托孤，重返琉璃世界。

（7）

琉璃世界白雪红梅，如流浪者的泪水，离鲜血不远。
那些血，源自赤子之心，却在长风中染红雪山；
远远近近、重重叠叠的，是红巾翠袖，或紫金征帆？

（8）

通灵者点石成金，而我只想点一匹青山——
青山像一匹雪青色的小马，点点头奔向云间；
而我只有点点莲子，在波浪的田野里，
种几片荷叶——荷叶上的红蜻蜓啊，
为何又将希望点燃？通灵者点石成金，
而我只想在见到你时，把头点点。

（9）

你我的泪水，早已在相遇时流干，

如河水遇见春苗，喜极而泣，散成溪流涓涓。
纷乱的是泪水，是春天，是欢喜悲哀；
而我今日已整理好心情，在树下撑开红伞，
点燃一树红烛，等你到来。

（10）

树啊，你不该这么长，把叶子长成了燕子，
绕在柳枝上；山啊，你不该这么长，
把乱石长成蘑菇，温润柔软的模样。
心啊，你不该这么长，世代风沙磨砺，
却依然和流水一样……

（11）

你就在深山幽谷点亮你的烛火吧，
把一个家照亮；我就在旅途中
默默奋飞吧，将一缕烟霞点燃——
落霞与孤鹜，究竟哪个更孤单，
你去问秋水，我去问长天。

（12）

龙从水里伸出角；我从梦里牵出船。
龙在我的船头伸出触角，触及幽魂、沉船。
梦将往事浮现；水将灵魂引入酒泉。
酒泉只从沙漠深处，为干渴的寻梦者涌现。

（13）

洛神归来，洛水再起波澜——
谁指洛水为誓，欺君欺天；
谁为洛水伤悲，流泪流血。
血色映红的斜阳俯身听琴，
谁又在环顾日影，把心弦拨断？

（14）

“春入行宫映翠微”，洛神如今已走出宫廷，
如燕子飞入寻常百姓家。她今晚就会走进庭院深深，
来到你家我家。你正在家中畅饮；
而我的醉舟已歪歪斜斜，横在杨柳树下。

（15）

你们一行人在梦中游玩，夜里吹箫，
白天飘飘摇摇；我们一行人互相握手，
道一声珍重，说说笑笑。笑一笑，
美酒就溢出酒杯，酒红色的霞光里，
哪里笛声最美，夕阳最妖娆？

北京新春

（1）

转过弯，我就看见那片光，从雨后，胡同的灰墙上发出；
灰鸽子落地，用翅膀拍打着斜阳。黄昏走街串巷，
你在地面寻找它的影子；我在找你，
你曾住过的碾子胡同，今日却是碾玉观音的模样。

（2）

几树梨花，几瓶净水，几束黎明，一庭春光。
水缸里的鱼，游不出那个暮春。外面的人都在奔跑，庭院寂静。
夜来火光四起，灰墙里的鸽子，都争着往外飞。
年轻的孩子，一夜白了头。白头翁今日，你还飞不飞？

（3）

北京的梦，是灰砖垒成的。红墙、白雪，都那么不真实。
我们都曾骑车从寒风里穿过，冰面和雪地上的车辙，
至今留着清脆的铃声。我们都曾抚摸着灰墙一路走来——
每一块砖，都是一只灰鸽子；它们至今在邻家院落咕咕叫着，
声音随枯枝和电线，输入每一个哭泣的梦境。

（4）

我的房屋有绿的根；碧绿的潮水冲洗着黑瓦。

我站在枝头，站在房顶，把自己变成石榴，变成香椿。

你空气里的味道，已然因为我们的心愿而改变——

北京的味道，原本只是从心里梦里摘取的，我们的香椿梦，石榴心。

（5）

孩子，尽管你的自行车，如今只能在胡同里骑；

孩子，尽管这胡同四周已面目全非。可灯红酒绿，只是地上的影子；

你的裙摆飘过，就将它覆盖，车轮经过，就将它碾碎。

（6）

雪落在瓦片上，覆盖了整座城。而黑瓦之下，是另一座城——

红泥火炉，点亮家家户户，冬日的团聚，温暖祥和。

雪落在大地上，寻找昔日的黑瓦、庭院，红墙、柳树，

遇见的，却是陌生的城里，一群陌生人。

（7）

门前的石鼓敲击着石头里的浪花、云梦、树根；

而我们的树根却不这么想：只要有人从门前经过，树下经过，

我们就用绿荫拍拍他的肩膀，把他们当作自己人。

匆匆过客啊，我们依旧站在大地上，用挺立的生命，欢迎你们！

（8）

一缸鱼游走了。空空的春光里，到处是人影——
你们曾聚在这里饮酒诵诗，你们的诗歌，如今已长成树上的叶子。
喧哗的不是树叶，是风中你们的影子。
你们来过这里的人啊，如今已成春光，推开红门。

（9）

红门紧闭，有人正在门中谈事。墨龙盘在井底，有上升之势。
而我们只沿街而行，轻抚春光和树叶的心事。
黄昏用金水洒在我们额上，像一种神圣的洗礼。
红门紧闭。再一打开，已是另一朝人。

（10）

门缝里藏的那封信，已被春光吻遍，雨水念了很多年；
数十年春秋被一笔勾销，一并忽略，只剩下这封信，
墨迹斑斑，血迹斑斑，除了春风春雨，谁来化解？

（11）

一声鸟鸣令人释怀。写了七年的小说，长了七年的树枝，
忍了七年的泪水，终于滴落一庭光雨……
庭院寂静，只等七年前的那个孩子，再来敲门。

（12）

钟楼像一座编钟，挂在水盈盈、蓝莹莹的天空。
月色如风。鸽群飞来的时候，你震响了什么？
城市在钟声里苏醒，醒来已落入远古。

（13）

竹叶与黑瓦在春风里偷偷相恋，沙沙耳语，惊动了笼中黄鹂。
黄鹂回想过去的岁月，想起翠竹在阳光里听歌，白鹭直上青天。
而眼前黑瓦下面的屋檐，屋檐下的雨燕、雨滴，
却只关注那个脸色苍白的青年，因何独自坐在窗前，默默流泪。

（14）

灵镜胡同的镜子转来转去，在月光的镜子里，
找寻那个逝去的春夜：一对恋人，先拉上帷幔，又拉上窗帘；
一只发条橙在桌面翻滚，吞噬着美好的静夜。
两支蜡烛在镜子里提升火苗，
灵镜翻转，一场春雨之后，院子里的月光纯净如雪。

（15）

梦还没有醒就沿着红墙出发了，红墙上的季节一直在变。

梦还没有醒就轻易来到广场，广场上的红旗比小时候看见的更美更壮观。

漫山遍野的人流啊，顺着红墙被洪水冲走了；

墙上的红旗还在飘，梦还没有醒来，已肝脑涂地。

（16）

我们已经从石头里学会沉默，学会雕刻；
走进拱门，就将自己的身影刻进古老的城市边缘，
在钟楼的一角，找到一座四合院，在鼓声和蛙鸣中进场；
小小的院落就成了最后的阵地，最后的广场——
石鼓咚咚敲，夜半三更，红旗飘扬。

（17）

你们不知道夜是怎样变红的，你们不知道人是怎样变美的。
你们不知道胡同转弯处的积雪为何至今不肯融化，
你们不知道黑夜吞噬了怎样的幻梦——
怎样一群人散入了红墙碧瓦，怎样一群人漂流天涯，
怎样一群人不肯离去，如心头积雪，不曾融化。

（18）

红门紧闭，一场雪刚落，一个人刚刚骑着自行车
转一个弯就不见了。红门紧闭，里面连风都没有声音。
只有雪在招魂，只有冬天记得春夏之事。

（19）

铜牛伏在水边静听，你们的故事还没有讲完
就已经结束于新春到来时的一片湖水。十七孔桥摇着

十七只风铃；铃铛里只闻清朝清风，听不清昨夜的事情。
昨夜无言，只在铜牛的眼睛里，渗出泪水。

（20）

我们回归到日常生活里。钟楼在城市中心渐渐升高，
钟声的碎片已被月光一一拾起，聚在城市上空。
蓝天碧海浸润的孤城，只闻喧嚣，听不见心声。

（21）

后海背后的海，已将城市包围。我们身后的梦，正徐徐回归。
在大梦的镜子里，我们照出自己，如洪荒年代的一颗沙砾。
我们远离祖国，流放自己。我们出离梦境，把故乡变成异地。
我们越走越远，亲人越来越陌生。然而闭上眼睛，
还是这座城，孩子们在水边歌吟，在广场上挥舞红旗。

第五辑

海棠花

贝壳鸟

抬腕看看，贝壳里飞出一只鸟；
天就在腕上，转动蓝色的发条。
我们有时会听见腕上的海
沙沙作响；海浪在表里自转，
血液就会变蓝，如洋流改变季节；
直到飞鸟窜出贝壳，你才发现，
生命对于时间，时间对于海，
海对于腕上的贝壳，
可以是一只鸟，一片会飞的蔚蓝。

手心里的海

手握海岛，像握着两只核桃。
核桃在手心里哗哗响，听见的人
都感觉到惊涛拍岸——
生命里酿出的波光碰见了什么，
在手心里一握就哗哗响，
如船头撞击着波浪，
将苦涩与业障全都粉碎——
你手心托着的海，轻轻揉搓的岛，
原来不是两只核桃，是一串贝壳，
原来不是一串贝壳，是两片沙滩，
原来不是两片沙滩，是一片荒漠，
是荒漠中的人生孤旅，
旅途中的一片风光，一次偶然。

印第安阳光

挂在空中的鱼，跑在风中的象，
古老的印第安阳光，你坐在街头吹一吹，
晒一晒，就有日头来自西方，月亮来自东方，
黑皮肤的腰缠香蕉的女郎从棕榈树下走来，
她们说着古老的语言，听懂的只有风和海，
你不用懂，只需晒晒太阳与波光——
风中碰响的鱼，椰林里奔跑的大象，
你们若是从土地中来，土中先人
都跟在后面；你们若是从山上来，
山歌就挂在大象的脖子上，
好像风铃、花环，空中鱼儿的歌唱。

酒泉

酒的泉水涌上桌面，桌面是海，
蓝盈盈的，有夜色从地面浮上来？
分不清桌面、玻璃或天花板，
你的笔，终于成了一支没有方向的桅杆。
酒泉酒泉，只有醉舟漂泊在上面；
酒泉酒泉，今夜醉了灯火山川。

文殊赴会

文殊变身之山水间，我一起身，满头银发，
银亮的背上尽是群星，银发银河，原本一样长短，一样璀璨。
我短暂的生命啊，不限于文殊武术，经变涌流：
变与不变，都是万化千变；静默沉寂，方是万语千言。
千颗星，每颗跟我说一句话，一句悄悄话；
千朵云就高兴得不知自己是梅花还是雪花。
我不敢妄想妄言，只在静夜沧海，披着银河白发；
银白的泪水滚落时，不知自己是满天星或海棠花。

*

文殊文殊，你的文思有些特殊——
踩着云彩梦纹，你就敢踏上心路天路？
地上的路啊，你可走完，你可走得完？
人间泥泞，你可踏尽走出；
心中苦难，你可受尽并承担？

我说文殊文殊，不要责备我呀，总想着人间苦难。
我只知道我们曾经是小孩，永远是孩童。
等走出泥淖，吃尽千般苦，历尽万般劫难，
我们再一同回到旧花园里，老宅门前，
在波纹乍起的鱼池边，一起游玩。

苦尽无患

你不要畏惧啊，当海浪拍着心胸对你说话，
当群星透过海水幽蓝的镜子，向你呈现
前生来世的梦幻雪花，你不必害怕；
苦尽无患，连你从前经历的艰辛苦难
也透过你，向世界轻轻表达：一朵花
从前从太阳中汲取能量，今夜从海底汲取喧哗。
海底的喧哗尽是深藏的祝福，鱼群、海藻，
和无数海星向人间传递的最温柔的祝福——
它们从来小声说话，海底世界，与星夜等同。
星星说话的声音之所以听不清，只因太远太近，
远在天顶，近在你肩头，如昨夜情人
静伏耳边的低语，你潜入海底触手可及的鱼群……

你不要畏惧啊，只需在心底懂得敬畏——
我于是双膝紧贴海底，一如大海如我毕生感激的泪水。
我微尘一粒，随风飘临，却时时处处敬祖先，
敬父母，敬畏神灵、海水。海水于是喂我苦涩，
喂我碧蓝，喂我清静无为。无为而无围，无围而无垠。
可我还是有些害怕呀，不知我的感激该如何呈现，
只一心受命于天，滴血成音。海上妙音此刻在天边盛情奏响，
知道我是万亿听众中最卑微、最虔敬的一名没有之一。

太阳为什么落下去了？

爸爸，太阳为什么落下去了？孩子哭着问我，
我的孩子芳龄六岁。芬芳的年龄，芳香的孩子呀，
不能不让我分心。有如冬夜的旅人在冰川上默默前行时，
想起妻子的嘱托，孩子的抚摸，父母墓前的春风杨柳，
我行在海上，回答孩子的疑问——

我的孩子呀，这里的太阳落下，是因为要照亮那里，
我们天黑了，外婆那里天就亮了——
外婆起身，还没有梳洗，就开始生火做饭，
为一家人忙碌了。要是她看不见太阳，
要是家里都是黑黑的，我们这里再怎么阳光灿烂
有什么意义呢？孩子呀，你都六岁了，
照过你的日月堆积起来，都成了金山银山，金玉满堂了；
与你一同成长，一起上过幼儿园的鲜花绿草，
那六个不大不小的春天，要是铺展开来，重叠起来，
比豌豆公主的十八床棉被可温暖多了。
而那些美，那些逝去的花瓣花蕊，可在你心中酿成了蜜？
还有陪你一起上学放学的小星星也都满月了。
满月就是月亮满满的，涨满你生命里的小征帆——
你的帆今日飘在海上，一闪一闪的，如蝴蝶在阳光下
亮一亮漂亮的翅翼，可后来呢，它们还是要回到

它们来自的地方，将从海上日月汲取的光明，

像播撒花粉一样，撒向幽暗。瞧，外婆又在生火做饭，

炉膛里的火苗蹿上天空，我们在海上都能看见。

小竹林

我的小竹林一夜之间壮大，一夜蓬勃发梦发芽；
从心底海底，日生一米，夜长千年。我的小竹林
都是海藻生在水底岩石间。我的小竹林都是石窟暗夜，
墙壁上的点点残绿，残花弱柳，残月残生，
却为何屡屡生出不可思议的殿堂庙宇，繁花青烟？

空处

还有什么空处我没有写到呢?
还有什么寂静我没有听见,
还有什么桨声没有荡漾在我心头,
还有什么莲花没有开在我心间?

我的莲花在心中太满,如千顷万顷的良田,
一夜间从海底呈现,千树万树的梨花雪花
一夜撒落,如天女散花的竹篮,被一阵海风掀翻,
只落在我一个人身上心上,叫我如何承担?

我听见一缕光,看见一丝凡尘从身后飘来,
沾在背上,如丝瓜藤上的星星,喇叭花的余音,
廖若星辰。红尘世界进入黑夜时,你这才小心翼翼
从海上浮现,披着隔世的莲花莲叶,从我眼前经过;
你那么小心,是我心觉醒,醒在夜半沧海,
用云朵小心向天招手致意。谁承想,夜开了,云也散开,
你从海天飞升下沉,让我看清土中世界原来在头顶,
让我看清,云的面貌在海上,与波浪同心同行,
伴随天涯孤旅。我们这些小心翼翼的客旅,
如子得母,病得医,得到沧海静夜,古人梦,碧海心。
海里的绿色田野上,母亲还在暗夜耕耘,

星星在她金黄的草帽上，插上了几根麦穗……

那些从地里涌出的日曜菩萨，白水泉边的少女，
妙音妙道，精妙如神，如莲如雾，在静夜海空，
精雕石窟，暗送雪莲。雪落沧海，梦入荒野之时
不小心将她们无名之名显露，无声妙音奏响，
无形之身影化成空无。空无空无，踏上佛国净土。
佛国仿佛是个国，一如如来有如来过，却又在
正在到来，即将来临之时化成烟雾……
一阵烟从海上飘过，我什么都看见，什么都听见了，
如远离宫廷的牛，在荒野上种出青苗之时，宫廷舞乐
只为它们演奏唱诵。我们的宫廷不在地上，正在海空；
当孤寂之心行至海面，一切的虚无再生莲花。
“一”再生人间王国，芸芸众生如云似海，
如幻似梦，他们在另一个世界从未停歇，
如石窟里闭目养神的菩萨飞天，从来从另一个世界
鼓舞我们发大愿，忍疾苦，从事每日庄严神圣的劳动。

我们累的时候，他们就派出马车送我们一程；
我们苦的时候，他们就剥开菠萝蜜送进我们口中；
我们泪眼模糊之时，他们就合在一起，用玉笛、杨柳，
琵琶、箜篌，为我们在海上演奏，只在海上演奏；
如沙漠里的佛，只在荒凉静夜，为孤苦的心点亮明烛。

烛光悠悠，送葬的队伍从眼前经过，
平静的海面风起云涌；千手千眼，观音流变，
如变化之中不变的母亲，潮涨潮落，亘古不变的大海；
我依偎在你身边，就看见逝去的母亲从海上缓缓升空，
在空中花园向我招手，我看得真真切切：幽蓝的大海裂开，
是撕心裂肺，或是向夜空奉献真心与慷慨，
或是向一颗发大愿的平常心，袒露胸怀？
海裂开，如晶莹剔透的蓝贝壳张开，捧出一粒珍珠，
一片沙漠；沙漠中的湖，金发碧眼，躺在寂静中
仰望着青莲绽放；花团锦簇在细微的音声中，
围拢一束团花；那是人间离散，天上团圆，
聚拢在母亲，世间最温柔、最纯洁、最静美的菩萨身边。
团花旋转，万众奏响仙乐。母亲微笑，引来众生微笑；
母亲离世，引领众生团圆。团团圆圆的一家人啊，
只是一朵孤寂的莲花，一轮海上新月。
海上生明月，天边孤旅，自东西古今，
南北上下，上至天庭，下至九泉，一并团圆。

我们只是沧海一粟啊，只是侍女、阿难，
可我们也受了什么力与光一同上升了呢？
还有你们呀，童年的落花，深山蟋蟀吟唱过的清泉，
也一同上升，如丝绸玉女，白衣飞天，也一同上升旋转；
孤苦的心，今夜受到嘉奖；忍受苦难的人啊，
在海上寻见千万亿个花瓣、伙伴；火树银花，

单单只为一个孤苦、温润的心而盛开；
世界单为你瞬间缩成玉坠。团花上升，在此等同落下，
落在你身上的祝福，如落在身上的雪，落在静夜海面上的花瓣。

我的祝福，你的祝福，我和你，母亲和菩萨，
离世与复活，归去归来，生死轮回有什么区别？
区别就在于时轮一转，帆影一闪，螺旋桨就转动新的罗盘；
罗纹上密布的群星蜂群般飞来，聚在你的莲花尖。
玉炉不断千秋火，光明月在海上波浪之间变得幽明幽暗。
明暗之间你听见日光之音，在海底轻声告诉你：
瞧那个在海上静夜奋笔疾书的老翁，
不正是那个静伏母亲背上的小孩？
他童年一梦还没有做完，他辛劳的慈母啊，又上高山。

帆停下来，在海上立起一块墓碑。
北斗星落下来，在你身上镶了七颗钻石。
云朵流过，好像要将你埋没，而最终又放过你，
像菩萨放生，放了一条鱼。小小鱼儿红了鳃，
上河又下海；今日你得以从海上重生，
登上夜海云船又该感谢谁呢？你小心翼翼
抖落满身夜露，满怀虔心而来，敬心而去，
如蜉蝣掘阅，麻衣如雪。你觉出的沧海啊，
在心中渐渐平静下来。夜海微风轻轻吹拂，
如母亲轻轻抚去我满眼泪水，合上我的练习本，

让我回去睡了……

你远离海，也还是在海中心，海心中，
身边的大理石圆柱默念着圆觉经，并生出
白色的海鸟、珊瑚。远离了海水，远离了苦涩，
远离了幸福，你还在福海中心，佛海心中，
仿佛有佛的世界，尽是海底珊瑚……
四面金碧辉煌，头顶的吊灯或升或降，
尽是莲叶悲苦，满地鱼群欣欣跃动。

夜海红莲

你是黑骏马，容我转场，容我退至船尾，
看燃灯古佛，天不亮就化在波浪上；
容我后退，退至看海的地方，
容我一边退，一边看，一边退，一边叹，
叹黑骏马转场入定，定慧定钟——
晨钟尚未敲响之时，已被海浪击碎。
容我后退，一路退至大海深处，无路可退，一无所求。

我守护的海洋，早已有天空守候，夜空守候；
一如夜啊，这匹黑骏马，原本静立在我人生书页的封面；
你这匹黑骏马，这尊活菩萨；像我这深夜起身的人，
与我不期而遇的，唯有这静夜玉海，浪里霞光，
唯有深夜出门散心的石人石象——
夜窟空空，一如白昼的海面，满纸烟云，满壁金光。

*

你这头野牛在夜海耕种之时，星星为你燃灯；
瞧瞧脚下，你翻耕的不是泥地，是波浪——
一灯燃千灯，一佛照亿身。一颗心，一头牛，
在深夜佛海耕种什么？——人茫茫，夜茫茫。

可为何壁上生绿，海上生蓝，如蓝田玉暖；
汗珠挂在项上，如珍珠、摩尼、砗磲、玛瑙，
只在深夜石窟闪耀；紫模金身，垂落串串野葡萄。
野牛匍匐，野云挥鞭，黑风咆哮……

早起的牧人也挥动长鞭；野牛匍匐，
只扑进苦难深处，隐忍痛哭，
它的哭声海浪听到，姗姗来迟的早晨听到——

当黎明牵着铜牛金羊，玉蝶金蜂从东方出门出洞，
野牛抬头，已化成金山银路；心与牛角，通灵契合，
这一夜的海浪啊，天亮之前都不再苦涩；
这一夜的船尾，夜像一张浸染水墨的真迹——
真正是佛在眼前，映现法海宫廷；青碧莲子，
从莲蓬莲池中，溢出春宵玉笛……

而海底莲蓬，原本是一座山，山洞朝天；
你新开的石窟啊，坚硬如岩石，柔软如海绵。
许多婴儿聚在海底唱歌；玉笛声声，是昔日送子观音
将一个个童子送入莲蓬、莲心，又让他们纷纷出水，
莲蓬包裹的幽暗不是幽暗，是夜的寂静，海的幽蓝。

*

再一睁眼已站在悬崖边，海中碎玉让你一阵晕眩，

仿佛玉山将颓，坠入深渊。而深渊只是一块玉，
你是其中的哪一条鱼，哪一道波纹？

黑鱼横卧夜海，船头已现出光明。你以为退呀退，
只因面朝船尾。而当船尾翘起鱼尾，风浪拍醒身心，
你这才意识到你的船，十天十夜，默默航行，稳稳前行。

就像满船的梦到了深夜一起安睡，睡在各自的船舱里；
石窟各有其主——当天花板如海藻、天井，
转出玉焰红莲，你就和飞天一起在船上旅行。
旅途中的旅途，船舱石窟，变得异常沉寂宁静……

流水止息，身上的莲叶也一时盖住了莲心。

玉女侧目

玉女侧目，避开海风，避开风中扑面而来的朝阳，
回避着人世间的一切美好；
而美在海上，已化尽苦涩，点亮红唇。

不敢离你太近，怕你沁人心脾，害怕每一层波浪
都揭开一层面纱，睁开眼睛，害怕看清你
成熟娇美的面容，那温柔的眼神啊，
早在荒山里见过，早在荒芜的内心相遇……

玉女啊，又随夜色翻身，呈现海浪之心，海鸥之志，
海滨墓园里的前世温情。玉海重叠，将我裹进黎明，
又抛入哪一道轮回，哪一座荒山野岭？

*

项链上的玉珠，每一颗都现出玉女童心；
童心一闪，土墙现出肉身，一如夜海
呈现孤岛，灯火、海浪，歌咏深夜寂静。
我在深夜落笔无声，如海棠花雨……

鱼啊，都游成了佛，或侧身游进岩石；

我飞身上天，踏上昔日丝绸之路——
沿途的朝圣者，今夜要将自己献给谁；
一如你啊，在荒凉夜海，滴血成音。

依附

你的文字和你从此不再依附什么。

依附是一件衣服，穿上不如脱了，

脱去灰色尘土，穿上海的衣服，

解开心结绳索，套上湖光山色，

去除人间束缚，一切的束缚，

自然自然会赐予你一件不是依附的衣服。

正午

正午，众人与世无争，我开始与之竞争——
我与世人争海水，争风景。我与世人争无事，
争无垠。我与世人争阳光，争宁静——
莹莹海水，盈满落地窗，我心落地，窗明几净。
内外圆明到处通，一扇明窗，万里风景。
我与世人争风争景。

*

阳光在我的孩子背上跃动爬行，
我的孩子一时间像一头金钱豹，登上山顶。
阳光在他的背上晃动，他一会儿又化开，
让鱼儿游进身体，昨夜悬在窗口的岩石
也一并倒映其中。中心就在正午，
一片片阳光在我的孩子背上晃动，
他看上去像一条热带鱼，游进正午海空。

*

橙汁回忆起昔日的阳光，红土山坡，
橘子回忆种植它们的一双双手，
淋在身上的一滴滴雨。清晨黄昏的日月，
如邻里一般，在我的橘林里穿梭，

橙汁用回忆啜饮光的蜜汁，蜜蜂嗡嗡。
橙汁站在桌上，像一杯光酿的酒。
我的孩子，不要将它一饮而尽，
知道它的来历，你就慢慢喝。

*

正午，母亲幻化成海，让我忘却忧愁。

正午，孩子钻进一只贝壳让我找他，
我找到孩子的时候，母亲也笑了。

大海银光闪烁。

极乐颂

小心翻开凌晨，这结满冰凌的书页，
树上的星辰像高天的雪，不肯掉落下来；
我的梅花，我的沧海，近在眼前，
却不知天上地下，过去未来，
她们只静静悬在高天。可为何我的背上
感到阵阵风寒，感到生命之中血液的海，
正在被推开敲开——无须推敲，海水携着群星，
已将它们撞开！我所有的心事心结，
连同心中幽事，一并化开，融入清晨带露的书页；
每一个字词，每一张围着吧台的桌椅都沾满夜露，
它们齐声轻叹：让一切从这个早晨化解和解——

仿佛洞窟里四面八方的石墙如折扇般一起打开，
你又看见久违的孔雀翩翩翱翔，从海面逆风飞来，
而这一次翅膀上的星星点点，都涌出一个个完整的世界。
一位小沙弥坐在乱云众生中，身披橘红的袈裟
念诵着黎明的经文；近旁的石佛听见，竟落下泪来。
千年黑夜我们都忍过去了，只等这声声无声的歌咏，
宛如瀑布坠落的弦弦古琴从天边飞来，
只等你们这些橘色儿童将橙子剥开——

夜的橙子，被早晨剥开之前，橘红的天边已现出裂纹；
裂开的地方啊，流水隐含高山；高山也渴望振翅俯冲，
冲向黎明前幽暗的大海。海里的小红人如红鱼鸿雁，
在潮水之中跌宕起伏，如数千婴儿躺在同一个摇篮。
你以为是恐怖的惊叫呼喊，其实是莫名的喜悦，
一如黎明被沧海翻开新的一页；抑或是婴儿的手，
摘下红梅白雪；海浪伸手，轻抚乱云之中的幽冥世界……

啊，时间时间，在日月之间、苍茫之间；
沧海放大了古人的瞳孔，托起往昔的落日沉船；
旋转的光轮里，每一张菩萨的脸庞都美如花瓣，
光亮如日月，又被自己的温暖化开，如成堆的积雪；
雪的颜色啊，映入海底，如教堂的玻璃彩窗；
窗户上的圣徒啊，目光宁静却热泪盈眶……
经书已不再是当初的文字，也不再源于东方西方，
只是片片下沉的海浪，一座上升的教堂；
尖顶的金光如群星栖息的树枝，那些早起的灵魂
穿过幽暗世界，只为忍受苦难的心灵而欢唱！

月亮一哭天就黑了，群星一唱天才亮，
光芒都是从深海开始出现的，那些鲜红的袈裟，
玉树琼枝，海贝开阖的宫殿之门，都是人间未知的光源。

而我们在海底的另一扇门里，这扇门一敲就响，一推就开；

这眼前的深夜沧海，无异于你灵魂的思念——
想想逝去的父母亲友，先人仙鹤，他们就将心海打开，
书页翻开；未知的早晨，在你眼前赫然呈现——
枯叶也如浮云上升，何况那些碧绿海浪间的翡翠，
菩萨脸上的红润，小沙弥脸上的清泪与苍白，
一切的一切，都从海底涌现，从心海上升——
你的日出已在天亮之前提前出现，满目金光，
先是在背上一闪，如银针穿透胸中烦闷与昏暗；
而夜啊，尽管散去散尽，却依然残存在脸上心间，
难怪深山石佛的表情，即便从海底呈现也依旧肃穆庄严；
他望着你的时候，你从四面看见纷飞的烈焰；
烈焰熊熊，对你我都是严峻的考验——

看看眉宇间的山会不会崩塌，心上飞花会不会枯萎，
瞧瞧那些新生的佛像，都来自赤壁古岩——
既从海底浮现，又在黎明前到来，我们只想告诉你
心中的喜悦；那来自悲苦的大欢喜，如来自幽暗海底的群星，
花团锦簇涌上心头之时，如一盏灯点亮千灯，一颗心映红千佛。
千手观音在海面挥笔作画，画中人开始欢笑劳作；
我看见沧海两侧，现出和平的乐园乐土……

而今夜提前耕种黎明的人啊，在一支队伍、一个行列中
虔心劳作，让泥土和海浪，天光与夜色抹去我们的面孔，
我们终将站在海底殿堂奏响圣乐——每一滴海水

都是一个苦涩灵魂露出的笑脸，每一滴泪啊，
都是一片无垠的沧海，就这样你醉倒在黎明前的沙滩，
醒来才发现，依旧是一只梦里航船……

黎明前涌起的海浪，都是一只只小海螺，
并不惊醒人类的睡眠，却悄悄告诉我：
古往今来，人类逝去的一切都深藏大海；追念祖先
与亲人的灵魂，只需头枕沧海，心向银河，
星星的银针点击的穴位，无不命中欢快极乐。

2013年11月

图书在版编目（CIP）数据

荒凉石窟·醉舟 / 王以培著. -- 北京 : 作家出版社，2014. 4

ISBN 978-7-5063-7353-1

Ⅰ. ①荒… Ⅱ. ①王… Ⅲ. ①诗集 - 中国 - 当代 Ⅳ. ①I227

中国版本图书馆CIP数据核字（2014）第061200号

荒凉石窟·醉舟

作　　者：王以培
责任编辑：王淑丽
装帧设计：曹全弘
出版发行：作家出版社
社　　址：北京农展馆南里10号　　**邮　　编：**100125
电话传真：86-10-65930756（出版发行部）
86-10-65004079（总编室）
86-10-65015116（邮购部）
E-mail:zuojia@zuojia.net.cn
http://www.haozuojia.com（作家在线）
印　　刷：三河市紫恒印装有限公司
成品尺寸：148×210
印　　张：8. 875
版　　次：2014年7月第1版
印　　次：2014年7月第1次印刷
ISBN　978-7-5063-7353-1
定　　价：26. 00元
